고3이란

고3이란

발행일 2021년 12월 1일

지은이 동해
펴낸이 손형국
펴낸곳 (주)북랩
편집인 선일영 편집 정두철, 배진용, 김현아, 박준, 장하영
디자인 이현수, 한수희, 김윤주, 허지혜, 안유경 제작 박기성, 황동현, 구성우, 권태련
마케팅 김회란, 박진관
출판등록 2004. 12. 1(제2012-000051호)
주소 서울특별시 금천구 가산디지털 1로 168, 우림라이온스밸리 B동 B113~114호, C동 B101호
홈페이지 www.book.co.kr
전화번호 (02)2026-5777 팩스 (02)2026-5747

ISBN 979-11-6836-058-7 03810 (종이책) 979-11-6836-059-4 05810 (전자책)

동 해

단편소설집

북랩 book Lab

✻

목차

✻

고3이란

1

3월 학교에서

✳

회색빛 하늘. 누가 고3의 마음가짐을 알겠는가. 아무도 고3을 이해하지 못한다. 그 어떤 누구도 힘든 고3을 쉽게 보내지 못했으리다. 어쩌면 대학을 잘 간 사람도 있고 못 갔을 사람도 있다. 그건 다 자기 하기 나름이다. 그런 힘든 공부를 더 잘하기 위해서 울고불고하였을 고3의 공부를 수일은 한다.

'나는 고3이다. 나는 회장이 될 테야. 어떤 일이 있어도 회장이 될 테야.'

수일은 열심히 공부하고 있다. 열심히 하면 어떻게든 되겠지. 어떻게 할까, 어디서 무엇부터 공부할까. 그것이 너무 힘들다. '나는 어떻게 하면 회장이 될지' 그것을 정하고 있다.

'나는 전교 1등으로 서울대를 간 후 거기서 사회적 성공을 한 후 한 건으로 사회에서 ○ 회장으로 우뚝 서자. 그러기 위

해서는 공부를 끝도 없이 해야 돼.'

수일이는 누구에게나 찬사 받는다.

"나는 성공하고 싶다. 너희들은 매일 놀겠지. 나는 그 시간에 공부 한 글자를 더 본다. 그게 나다. 너희들을 잘 알고 싶다. 꼭 같이 성공하자."

고3 첫날 자기소개에서 수일이 한 말이다. 수일의 친구 진우는 다음 차례이다.

"나야, 나. 다 나 알지? 내가 제일 축구 잘한다. 다 나와 같이 축구하자. 축구가 우리의 삶이다. 누가 이 둥근 공을 제일 잘 차는지 그것을 겨루어 보자. 축구와 관련된 사항은 전부 다 나한테 가르쳐 줘. 내가 축구 대회를 맡을게."

택근이도 자기 소개를 한다.

"우리 대학갈 수 있게 잘 해 보자. 나도 최고가 되고 싶다. 어떻게든 대학을 잘 가는 거 우리가 해야 하는 일 아니겠나."

수일, 택근, 진우는 친구다. 셋은 같은 동네에서 살아왔다.

수일은 쉬는 시간마다 검도를 한다.

"멈추는 것은 비기는 것. 비기기 싫으면 움직여. 지기 싫으면 싸우고."

사부님의 말이다.

"네."

수일은 자신의 모든 것을 바쳐 타격기를 때린다. 타격기는 타이어를 쇠에 붙여 놓았다. 쇠를 계속해서 때리며 자신의 검술을 갈고 닦는다. 수일은 공부하는 시간을 제외한 시간에 검도로 몸을 다진다.

얼마나 오래 운동했는지 모를 정도로 많은 연습을 했다. 그렇게 움직임을 많이 가져갔고 어떻게든 이겨내려고 하였다. 다 힘이 빠져 녹초가 되었을 땐 그는 이렇게 대답한다.

"넌 뭔데 벌써 쓰러져. 나는 너희의 약함에 뼈가 부러져도 더 훈련하고 싶다."

얼마나 오래했는지 몰랐을 때 그때가 수일의 타임이었다. 그곳에서 언제나 자신을 찾고 이겨냄을 찾는다. 그렇게 운동하는 것만이 검사의 경지라는 표현을 한다. 어떤 일을 하더라도 그곳에서 꼭 자신을 찾고 계속 더 나아가려고 애쓰는 것 그것이 발전이고 도약이고 나아감이다.

운동을 마치고 수일이는 집에 온다.

“상대가 누구든 이겨야 한다. 공부든 검술이든, 그것만이 나의 길”

집에 오자 엄마와 아빠가 기다린다. 여동생이 한 명 있다. 여동생은 집에 누워서 TV를 보고 있다. 엄마는 밥을 하고 있었고 아빠는 직장 일을 집에서 처리하고 있다.

집에 오는 길은 너무나도 좋았다. 집에 오면 있는 일상의 행복들, 그것은 살아가는 이유였다. ‘너무 힘들다.’는 없었다, 꼭 이기자라는 승리, 글로리 모멘트만 생각했다.

학교를 마친 후 집으로 돌아가는 길이었다.

“야, 검도장 좀 그만 가고 우리 집에 가자. 내가 플스 최신버전 받아놨어.”

진우가 말했다.

“야 우리끼린데 말이야. 내가 옆 학교 여자애, 걔 전화번호 받았거든?"

택근이 자랑했다.

"택근아, 사랑해."

진우가 말했다.

"바로 3 대 3 만나러 갈까?"

진우가 말했다.

수일도 말했다. 수일은 놀러가는 건 싫어하는 눈치다. 잘생겼지만 꾸미지 않아서 그렇다.

"난 안 가."

진우가 계속 말했다.

"그럼 쟤 빼고 둘이 가자."

택근이 말했다.

"오케이 도케이."

둘은 카페에 앉아 있다. 좀 예쁜 여자애 넷이 들어온다.

"안녕하세요."

서로 인사를 한다.

"택근이, 우리 택근이가 인기는 짱이지."

"어 진짜요?　귀엽긴 하시네요."

수진이가 말했다. 수진이는 제일 예쁘기로 소문이 났다.

택근은 수진이가 마음에 들었다.

"그럼 저희 술 게임 한판 할까요?"

택근이가 계속 말을 잇는다.

"진우이가 좋아하는 게임 무슨 게임~~~"

1.

2.

3.

3

"아, 걸렸네."

택근이가 머리를 써서 숫자 게임에서 수진이와 같이 벌칙을 받게 되었다. 눈치를 계속 보며 같은 숫자를 부른 것이다. 매우 많이 해 봤을 정도로 잘 아는 게임이라서 수진이와 같은 것에 걸리게 되었다.

택근이는 속으로 웃었다.

"아싸 됐다. 야호 우후 와우"

진우이는 알고 있었다. 택근이가 술 게임에 능하다는 것을.

그래서 둘의 벌칙인 커플샷을 하는 것을 막으려고 했다. 진우이는 택근이를 놀리려고 하기 때문이다.

“아 우리 벌칙은 없이 해요 그냥 놀아요.”

“어 됐으면 해야지. 이번만 하고.”

수진은 말했다.

“한 번만 해요.”

둘은 커플샷으로 사이다를 들이켰다. 술 대신 학생은 음료수를 마셨다, 둘은 눈이 맞아 사귀게 되고 커플이 된다.

“이제 마음에 드는 사람 물건 고르기 해요.”

진우가 mc를 봤다.

“여자 네 명의 물건을 내놓으면.”

진우가 계속 말했다.

“남자 둘이 고르는 것으로 하고 . 남자 역시 두 개를 내놓으면 여자가 고르는데.”

진우가 계속 진행했다.

“그 고른 사람이 둘 다면 커플이 되기로 합시다.”

여자들은 당황했다. 남자도 역시였다. 게임은 시작했고 진우는 실패했지만 택근은 성공했다. 수진과 커플이 되기로 하고 게임은 끝났다.

수진의 전화번호를 받았다. 진우는 계속해서 아쉬워 했고 택근은 내심 계속 뿌듯해 했다.

2

4월 중간고사

*

"중간고사는 큰 의미가 있어요. 모두 내신을 잘 받아야 성공할 수 있기 때문이야. 요즘은 내신 아니면 대학가기가 어려워져서 그만큼이나 힘들어, 다 내신에 집중하기 때문에. 알겠지요?"

선생님은 중간고사에 앞서 애들의 정신을 잡으려고 한다.

"4월부터 얼마나 잘해야 하냐면 최상위권으로 도약을 해야 해. 수능을 볼 때는 그래야 6, 9월이 잘 나오고 그 다음이 수능이니."

"네."

모두 대답한다.

집으로 오는 길. 수일은 택근한테 묻는다.

"야. 공부 누가 더 많이 했지? 중간고사만 놓고 봤을 때."

수일이 말했다.

"내가 더 조금은 했지."

택근이 대답한다.

"근데 내가 더 잘 볼 거야. 난 머리가 있잖아."

택근이 계속 말했다.

"너는 얼마나 공부 잘하길래 모의고사, 내신 둘 다 안 놓쳐."

"너의 200배는 더 많이 해. 알겠어?"

1, 2등의 차이는 그 정도일 수도 있겠다. 택근은 라이벌 의식을 느꼈다.

'그래라, 내가 꼭 이겨 줄 테니.'라며 택근은 혼자 곱씹는다. 승리하기 위한 마음을 가진다.

중간고사는 시작되었고 둘의 선의의 경쟁은 계속되었다. 2과목을 빼놓고 모두 수일이 이겼다, 수학을 잘하는 수일은 대부분의 과목에서 우위를 보였다.

3

고3 교실에서

✳

6월 모의고사를 보았다.

"힘들지 않아도 돼. 아직 절반이야. 너 수를 세어 보며 무슨 일을 한 적 있어? 거기서 뭘 배우는지 알아? 나는 10%만 일이 완성되면 나머지 100%는 다 쉽게 할 수 있었어. 어떤 일이든지 다 마찬가지가 아닐까. 그러나 우리들 중 대부분은 50프로를 와도 다 끝을 못 내고 말아. 우리는 그런 실수를 하지 말자. 절반이나 온 지금 진짜로 지기 싫다면. 시험의 끝에서 행복의 눈물을 흘리고 싶다면 말이야. 마지막까지 한 발 한 발 끝까지 가야돼."

수일은 이런 말을 진우에게 했다.

"너 말 다 듣기 좋다."

수일은 다시 말한다.

“네가 축구에서 전반을 이겼다고 생각해봐. 후반은 똑같이만 하면 져. 그것이 배움. 패배자의 얼굴을 한 번이라도 봤으면 다시는 그런 생각하지 마. 끝까지 싸워 이기라고.”

진우는 축구를 참 좋아한다. 우리나라의 월드컵 예선에서 중요 장면을 모두 알고 있을 정도이다. 얼마나 재밌게 축구하던지 팀만 있으면 자기 팀과 대결을 펼친다.

주말 오후 진우는 축구를 한다.

“우리는 잔디에서 언제 축구해 보냐. 공이 더 잘 차진다 잖아.”

“대학가면 하겠지.”

“나는 수일이처럼 전교 1등은 못 되지만 축구를 제일 잘해. 난 그길로 가야겠어. K2리그를 가야겠어.”

택근은 진우와 축구를 한다. 축구 끝에 마시는 파워에이드는 정말 좋아한다. “이거지.”라며 10,000원어치 음료수를 모두 맛본다.

진우와 택근 둘은 음료수를 마시며 피자 가게를 들어간다. 둘은 대화를 한다.

“우리 수일이 또 1등 했단다. 너는 왜 계속 2등만 하냐 택근

아. 언제 1등 해 올래."

"2등도 싫진 않아."

택근은 어디서나 2등만 해왔을 정도로 은메달감이다. 1등보다 2등을 더 좋아하는지 다른 사람들은 착각할 정도이다. 얼마나 오래 2등이었냐 하면 수일이를 만났을 때부터이다.

'2등. 모두 1등만 기억하지.'

택근은 계속하여 피자를 먹는다. 프랜차이즈 피자 가게에 가서 둘은 제일 잘 나가는 피자가 아닌 신제품을 먹는다.

"피자 맛있지?"

피자 가게 사장님이 묻는다. 진우가 대답한다.

"공짜 피클 하나 더 주세요."

"그래 많이 먹어라."

"요즘도 장사 잘되네요, 멋쟁이."

"오냐, 많이 와라."

진우는 마당발일 정도로 말이 많다. 친구들과 많이 말을 하고 사교성이 좋다. 사교성은 친구들과 많이 말을 하는 것 이상이다. 둘이 사우나에서 같이 목욕을 하며 때를 밀어 줄 정도이다.

진우가 묻는다.

"수일이 부를까?"

택근은 말한다.

"공부나 칼질 둘 중 하나겠지."

수일은 택근의 전화에 당장 옷을 입고 출발했다. 수일은 투버튼 니트를 입고 검정색 운동화를 신고 청바지를 입고 왔다.

"옷 멋있는데?"

"그래, 잡지에서 본 거 산 거야."

수일은 말한다.

"그래 내가 최고가 될 거니깐."

셋은 같이 피자를 먹는다. 셋은 피자 두 판을 시켜 다 먹어치운다. 셋 다 배불러 하고 다른 할 일을 찾는다. 셋은 같이 독서실로 향한다. 진우는 바람막이 운동복을 입고 추워 한다. 땀이 젖지는 않지만 늦가을 날씨를 견디기는 위험하다.

"춥지 않냐."

"독서실 가면 난로 우리 방에 가져 오자. 오케이?"

"우리 eba 얼마나 풀어야 서울대 가냐."

택근이가 말했다.

"그러게 말이다 eba 얼마나 풀어야 하는지 원."

진우가 말했다.

수일이 택근과 진우의 말을 듣다가 말한다.

"3번 다 읽고 외우진 마. 그게 다 실력이 돼. 안 외우더라도 3번 읽으면 수능에서."

"진우가 넌 6번도 넘게 읽더만."

"최소치를 정해주는 거야."

셋은 그렇게 주말을 보냈다. 고3의 주말은 그렇게 공부와 독서실로 물든 채 지나간다. 그런 주말을 보낸 후 셋은 생각했다. 이 고3을 잘 보내자고, 친구들과 함께 좋은 대학을 가자고.

다음 날. 월요일이 되었다.

택근은 말한다.

"너 오늘 옷 죽이는데."

진우가 말했다.

"그래 유럽 컬렉션 바람막이다."

수일이 말했다.

"그런 거 왜 사. 그냥 우리나라 거 대충 입어."

수일이 말했다.

"나도 사줘라, 그거. 10만 원도 안 되는 거."

진우가 말했다.

"이거 그래도 한정판이야. 이거 살려고 얼마나 클릭했는지 알아?"

택근이 말했다.

"수일이 너 옷 너무 구리지 않아?"

수일이 발끈한다.

"야 이놈아. 제일 잘 팔리는 거만 사, 나는. 그게 제일 좋은 건지 알고."

택근이 말했다 .

"많이 팔리면 유치하게 되지."

택근의 옷은 백화점 10층쯤 가면 있는 조금은 비싼 옷이다. ds옷가지들이 있고 또 나름 명품 신발을 신었다. 수일은 제일 잘나가는 옷 혹은 패션잡지에서 유행하는 옷을 고른다.

"너 잡지 뭐 보는데."

수일이 묻는다.

"너보다 많이 봐. 뭐 아는 척하려고."

택근이 자신의 손가락으로 6권을 표시한다. 수일은 4권은

봐서 이길 줄 알았나 보다.

"오 그래 꽤 많이 보네."

"그래, 이것아. 내가 얼마나 많이 보는데, 너 옷도."

"그럼 나중에 옷 사러 가자."

진우가 말했다.

"너 내가 이런 옷들 컬렉션으로 모아도 될 거 같아?"

수일이 말했다.

"너나 입어 다 사서. Okay?"

진우가 말했다.

"사복도 내가 더 좋은 거 입어. 운동복만 이기는 게 아니라."

수일은 많은 공부로 인해 백화점 갈 시간이 많이 없다. 그래서 인터넷으로 고른다. 그런 옷이 조금은 누추해 보인다.

4

고3 교실에서 (2)

*

요즘은 아침에 일어나기 힘들어 한다. 아침이 생략된 느낌이다. 모두 다 아침을 힘들어 한다. 학생들 모두 아침에 잘 일어나는 게 오랜 소원이다. 고3은 더욱 그렇다. 어떨 때는 늦게 잤는데 더 빨리 일어날 때가 있다. 그런 하루하루가 쌓여야 한다는 말을 듣는다. 그러나 어떻게 잘 자는게 효율적인지는 모른다.

잠을 잘 자게 하는 뇌파장치가 인기였을 때도 있다. 뇌파를 설정하고 그 뇌파를 쏘는 것이다. 수일은 아침에 일어나는 생각을 한다. 수일에게도 힘들다. 고등학생 모두 학교에 빨리 갔다 오기 때문에 아침에 빨리 일어나는 것은 장점이 되지 않는다.

수일은 다짐한다.

“잠은 이겨 내야 돼. 잠은 어떻게든 이겨 내야 돼. 다시 후회하지 않으려면 잠은 이겨 내야 돼.”

학교에 온 수일은 웃는다. 자신이 네 번째로 빨리 학교에 왔기 때문이다. 자리에 앉아 있으니 친구들이 천천히 왔다. 택근이와 진우이도 왔다.

“너 미분문제 이거 어떻게 푸냐.”

택근은 진우에게 묻는다.

“수일한테 물어봐. 나도 못 풀겠어.”

‘아 이계도 함수 그거 쉽던 거.’

수일은 문제를 보고 풋, 하고 웃는다. 그것을 물을지 알았기 때문이다.

“이계도 함수의 정의가 뭔지 생각해봐 기울기의 기울기잖아. ‘변화의 정도가 얼마나 벌어지냐’야. 그것을 인지하고 풀어봐.”

“풀려?”

수일은 말한 후 푸는 것을 본다.

“나 풀었다.”

택근이 말한다

수업이 곧 시작되었다. 셋은 수업을 듣는다.

“토끼와 거북이가 뛰어가면 뭔지 알아? 토끼는 제일 먼저 가서 쉬려고 해. 거북이는 뭔지 알아, 처음에 힘든 걸 못 참고 천천히 가. 결국 누가 이기는지 알아? 어디서나 거북이가 이겨.”

“힘들게 못 가는데 왜 이겨요?”

한 학생이 물었다.

“조금씩 가면서 더 배우기 때문에.”

학생들이 “아.”라고 말한다.

수업이 끝난 후 셋은 모여서 간다.

“오늘 수업 어땠냐? 거북이 문제.”

“난 토끼와 거북이 둘 다 될 거야. 최고의 속도로 계속 나아가는 그런 부류.”

수일은 말했다.

“난 토끼도 거북이도 별로던데.”

택근은 말했다.

“너 수진이한테 연락 안 오니, 오니?”

진우는 물었다.

"오긴 오지."

택근은 둘의 관계를 숨기고 있었다, 얼마나 서로 좋아하는지는 둘밖에 몰랐고 자신의 친구한테는 거의 가르쳐 주지 않았다. 두 사람의 사랑은 대단했다.

'얼마나 좋은지는 모르지, sky도 가기 싫을 정도이다. 놀려면. 하늘하늘 놀고 싶다, 언제까지나.'라고 머릿속으로 되뇌인다.

시간은 한 달이 가고 수능과 비슷하다는 9월 모의고사를 보게 되었다. 셋은 열심히 노력했다. 제일 많이 한 수일은 자신의 실력대로 보았고 전교 1등을 했다. 나머지 친구들도 다 열심히 했고 반에서 상위권을 차지했다.

문제는 언제나 수학에서 발생한다. 수학에서 97점이 뜬 수일은 매우 분노한다. 1문제를 쉬운 문제를 틀렸기 때문이다. 이렇게 슬픈 표정이 있나 싶을 정도로 친구들은 저주를 한다. 쉬운 문제를 틀렸다고 자책했기 때문이다.

국어는 택근의 영역이다. 말을 잘하는 택근은 엄청난 논리

력으로 문제를 해결했다. 그런 실력으로 국어 영역 100점이 나왔고 거의 1등급을 놓치지 않았다. 택근은 1교시 끝난 시간이 자신의 타이밍이었다.

'국어만이 나의 언어. 영어야 없어지거라.'

영어에서는 꽤 낮은 점수를 받고 생각한 것이다.

진우는 영어 영역을 잘 보았다. 그냥 해외축구를 해외 방송으로 들어보더니 거의 다 들린다고 한다.

선생님의 종례 후에 셋은 다 집에 가서 모의지원을 해본다.

서로 무엇이 틀렸는지 전화하며 어떤 경향이고 어떤 문제가 문제였는지를 계속해서 말했다. 서로 다 계속해서 말했고 어떻게 틀린 건지 어떻게 맞은 건지를 계속 말했다. 수일의 논리는 명쾌했다.

틀린 것은 eba를 덜 풀어서 틀린 거라고 말해 주었다. 그거 어떻게 맞았는지 역시 교과서 논리로 풀면 된다고 말하니 애들도 이해하였다.

점수를 모두 입력한 후 지원 가능한 대학을 보았다.

모두 서울에 있는 대학에 지원 가능했다.

"나 서울대 뜬다."

수일이 말했다.

“나도 서울에 있는 데는 된다.”

진우가 말했다.

“아 수일아. 너 서울대 몇 칸 떠?”

확률만큼 칸수가 나오는데 그것을 물어본 것이다.

“나 8칸.”

수일이 자랑스럽게 말한다.

“나 4칸이면 되겠지.”

택근은 조금 자존심에 상처를 받는다. 언제나 그렇듯이 2등을 꼬리표로 받았기 때문이다.

“야. 너네 서울대 얘기하지만 난 서울에 있는 데야. 그만 무시해.”

진우가 말했다.

“그러냐?”

택근은 언제나 그렇듯 진우를 무시하며 2등을 한 화를 푼다.

5

셋의 다짐

*

대학 입시철이다. 자소서와 스펙 모두 써서 내야 한다. "너 이제 어른 되면 뭘 할래?"를 묻는 자기소개란을 셋은 채워야 했다. 셋은 열심히 생각한 후 빈칸을 채운다. 모두 열심이다. 선생님은 거짓 없이 자기 생각을 쓰라고 했다. 셋은 거짓 없이 쓰려고 했다.

수일의 장래희망

저의 장래희망은 회장이 되는 겁니다. 일류회사에서 일을 성공적으로 한 후 어떻게든 회장이 되겠습니다. 저는 꼭 회장이 될 겁니다. 사회의 주연으로 활약하고 싶습니다.

택근의 장래희망

저는 의원이 되겠습니다. 어쩌면 안 된다고 생각하지만 의원이 되어 꼭 성공하고 싶습니다. 지역구에서 의원이 되겠습니다.

진우의 장래희망

축구선수가 되고 싶었는데 늦게 시작했습니다. 꼭 최고의 프로가 되도록 노력하고 싶습니다.

셋은 간단하고 진실 되게 장래희망을 썼다. 모두 네 장가량의 자기소개서를 쓴 후 입학전형을 붙여서 냈다.

수일은 말했다.

"우리 여기 쓴 거 다 해내자."

택근이 말했다.

"내가 하고 싶은 말이다."

진우도 말했다.

"내가 다짐한다, 꼭."

6

진우의 미래

*

진우는 커서 K1리그의 하부 리그인 K2리그의 공격수가 다. 기업은 GT로 어떻게 된 건지 천 만 원어치 연봉협상이 되었다.

꿈을 이루었지만 그가 생각하던 꿈은 이것보다 높았다. 어떻게든 성공하리라 다짐하던 자신이 아니라 하루하루 그냥 끌려다니는 그런 몸값이 낮은 축구선수가 되었다.

매일 국밥과 소주로 휴식을 대신했다. 결혼은 생각도 못하고 어느새 서른이 되었다. 매일매일 자신의 불행만 말하고 다녔다.

어느덧 리그의 막바지가 되고 서브로 출전하던 진우는 곧 90분에 시간끌기용으로 출전되곤 했다.

리그의 마지막경기 수일과 전화통화를 했다.

"오늘이 마지막 경기야."

"우린 믿어, 너를. 너의 가치는 우리만 알면 안 돼. 꼭 한 번만이라도 날자. 날아 보자. 날개가 없더라도 어떻게든 뛰어올라, 한 번만 더 뛰어올라 보자. 마지막 시도가 언제인지 알 수 없게 한 번만 더 뛰어 보자. 뛰어 보자, 더 높게. 한 번만이라도."

전화는 이렇게 끊겼다.

진우는 눈물을 지었다. 자신의 꿈과 희망 모두 운동장에서 사라져 갔다. 마지막 승부를 해보고 싶었다. 최상의 컨디션을 만들기 위해 웨이트를 했다.

리그의 마지막 경기가 시작된 후 경기는 3대 0이 되어 있었다. 약팀인 GT는 승부를 잃었지만 진우를 넣었다. 90분에 투입되었다. 남은 시간은 2분이었다.

진우는 마지막 생각을 했다.

'어차피 마지막으로 은퇴되는 거 한번만 날아보자.'

코너킥으로 엄청난 높이로 자신을 지나가던 공을 본다. 평소에는 너무 높아 뒷사람에게 맡기는 공이었다. 그런 공을 이번에는 파란빛 점프로 뛰어본다.

공은 이마 위를 맞는다.

이마 위를 맞은 공은 포물선을 그린다.

포물선을 그린 공은 골키퍼의 키를 넘어간다.

골은 수비수를 맞고 나온다.

진우는 다시 한번 점프를 한 후 가장 센 힘으로 헤딩을 한다.

엄청난 빠르기로 3명의 수비수를 뚫고 골이 들어간다.

경기는 3대 1로 끝난다.

7

택근의 선거

*

택근은 전라도 여수의 의원을 노린다. 그곳이 그의 고향이었기 때문이다. 그는 지역의 의원이 되기 위해 모든 고난과 역경을 겪었다. 대망의 선거를 앞두고 설문조사에서 그는 2등을 차지한다.

"2등도 잘하면 의원 돼. 그것이 현행 선거제도야."

"그럼 된 거지."

선거 운동 사람들과 이런 얘기를 하고 집으로 온다.

집에는 아내가 밥을 하고 있다. 아이는 3살이다. 아이는 말한다.

"아빠 왜 1등 아니야?"

아내도 말한다.

"그래도 의원 되면 됐지."

수일이 전화했다.

"너 1등과 2등의 차이가 뭔지 알아?"

택근이 말했다.

"뭔데? 넌 일등만 했다고 잘난 척 하지 마."

수일이 말한다.

"실력의 200배 차이. 넌 자신이 2등이라는 행복감 때문에 현실에 안주하고 만 거야. 어떻게든 이기려고 더욱 발버둥쳐야 했다고."

택근이 말했다.

"넌 뭘 얼마나 잘하는데."

수일이 말했다.

"난 2등이 꼴등 같아. 이번 선거 꼭 1등해. 마지막 말이야."

택근은 수일의 말을 곱씹으며 선거 유세전에 갔다. 1등만 사는 더러운 세상. 자신은 2등에 만족해야 된다고 생각하던 택근은 다시 한번 생각한다. 연설을 시작한다.

"저는 일류가 되고 싶습니다."

아내는 울음을 터트린다.

"저는 일류가 되고 싶습니다. 하지만 어떻게 되야 하는지 모르겠습니다."

모두 경청한다. 1등이 되는 걸 모른다는 말이 와닿는다.

“일등이 어떻게 되는 건지, 저는 여러분에게 묻습니다. 다시 한번만 제가 조연이 아닌 주인공이 돼서 살아가고 싶습니다. 1등이 된 인생 누구나 그것을 찾습니다. 저는 언제나 2류였습니다. 하지만 저는 마음만은 1등이 되고 싶었습니다.”

계속 말한다.

“1등만 기억하는 더러운 세상. 누구나 저를 기억하게 0등이 되게 해주십시오. 여러분의 0등이 되게 해주십시오.”

그렇게 연설이 끝났고 아내는 택근에게 갔다.

8

수일의 회사

*

수일은 계약권을 놓고 마지막 싸움을 af와 격돌하게 되었다. 이번 사업으로 인해 큰 타격을 입게 된 af는 싸움을 벌여서 그 계약권을 없애려고 하고 있다.

수일은 칼 한 자루를 쥐고 싸움터에 갔다. 수일은 중소그룹의 회장이 되었다.

대기업의 많은 전투원들에 의해 수일의 모든 동료들이 맞고 있었다.

수일은 말했다.

“내가 지키고 싶은 것. 꿈도 중요하지만 제일 지키고 싶은 것은 내 가족들이야 이놈들아”

수일은 칼을 휘둘렀다.

한 명 한 명 쓰러져 나갔다.

수일의 칼에 방망이를 들고 있던 대다수가 쓰러져 나갔다.

마지막 보스 2명이 서로를 쳐다보고 있다.

"이 계약이 뭔데 나를 이렇게 만드나 이 어린 것아."

"나의 꿈, 희망, 전부다."

"나는 이 칼에 너의 목숨을 건다. 덤벼라."

이렇게 싸움은 끝나고 수일의 승리로 막을 내렸다.

9

진우는 그 후

*

진우는 그 후 주전 공격수가 되어, 팀의 공격을 이끌었다. 그렇게 3년을 주전 공격수로 뛰다가 독일 2부 리그에 스카웃 되어 거기서 공격수가 되었다.

"하하하. 그렇습니다."

진우는 인터뷰를 가졌다.

"그렇게 재밌는 고3을 보냈다고요?"

"예, 저를 키운 건 저의 가장 친한 친구들입니다."

"골 세레머니로 준비 중인 게 있으시다면서요."

"네, 제 아내가 아기를 낳아 골 세레머니를 준비 중입니다."

기자와 인터뷰를 계속했다.

"인생에 제일 중요한 것은 무엇이라고 보나요?"

"한 번만 더, 한 번만 더를 계속 외쳐야 하는 겁니다. 한 번만 더 생각하고 한 번만 더 노력하는 것. 계속 그런 마음가짐을 잃지 않는 것, 그것이 제일 중요하다고 생각합니다."

진우는 진심을 담아 계속 말했다.

"그리고는 최고의 결과를 만들어 내는 것. 마치 거북이가 끝까지 배워 나가며 토끼를 이기듯이 말이죠."

진우는 말했다.

"토끼와 거북이처럼 말이죠."

기자는 말했다.

"저는 성공을 꼭 해야 된다는 친구 옆에 있었습니다. 그 친구는 언제나 절 가르쳤죠. 그 사람한테 배운 한 가지. 한 번만 더 해보자는 것이었습니다. 그 친구 덕분에 여기 있습니다. 이길 수 있는 힘은 그런 더 힘든 곳에서 나옵니다, 이길 수 있는 건 한 뼘 더가 아닌 200배의 노력에서 나옵니다. 그 친구는 200배의 노력이 중요하다고 했고 저는 그것을 많이 생각해봤습니다."

기자는 물음을 멈추고 진지한 자세로 녹음을 계속했다.

"예, 그럼 여기까지 하죠."

그러자 진우는 말했다.

"'최선을 다하라'를 꼭 실어 주십시오."

진우는 웃으며 인터뷰를 마쳤다.

10

택근의 그 후

*

택근은 1등으로 여수의 의원이 되었다, 사람들을 위한 바른 정책들을 만들었고 그대로 실행했다. 모두 다 택근을 칭찬하였고 좋은 의원이 되어 토박이 의원이 되었다.

'나를 이끈 힘? 너무 많지, 말로 하기에는.'

웃으며 가족을 만나러 갔고 웃으며 행복한 생활을 하였다.

11

수일의 그 후

*

회장실에 앉아서 아내에게 전화하였다.

"후회하는 얼굴을 보기 싫어서 나 자신이 그렇게 굳건히 앞으로 한 발짝씩 나가니 이렇게 됐어. 성공이 뭐냐고? 최선을 다하는 것, 그것이 다야."

비가 내리는 날 사람들

1

장마의 시작

✳

우루루 쾅, 우루루 쾅. 주루룩 주루룩

딱딱딱 딱 주루룩 딱딱

여름의 날. 소나기가 내리기 일쑤다. 계속 되는 장마와 폭풍, 소나기 모두 끝이 없다.

심목동은 운치 좋은 집에 누워 창밖을 바라본다. 누워 있다. 밖은 비가 추적추적 내린다. 이런 날에는 해무가 지고 날씨가 흐려 분위기가 좋다.

"seoul in the rain, seoul in the rain the seoulite the seoulite."

유명한 팝송을 따라 부른다. 외국에서 제일 좋은 음악이다. 많은 노래 중 생각나는 노래는 다양한 시도보다는 어떤 자신의 경험과 위치, 바람 등이 섞여 대단하여 진다. '파리 인 더 레인'이란 제목의 곡을 서울 인 더 레인으로 부른다. 강변 집이다. 서울 집에서 한강이 보인다. 한강을 보며 노래를 부르는 것이다.

물론 목동은 대단한 기사이다. 무슨 기사냐, 하면 공학 기사이다. 대단한 실력으로 끊임없이 연구해서 생물 공학 기사가 되었다. 대단한 일을 얻게 되어 누리며 사는 그런 대단한 기사이다. 대단한 노력이 필요했다. 노력을 통해 성장하고, 해내는 것을 알아내는 것. 그렇게 올라왔다.

서울대를 졸업한 지 5년 차, 직장에서 놀고 먹고 잘 살고 있다. 못생겼는데도 여자친구가 붙어 있다. 결혼을 하려고 했으나 아직은 연애 단계이다. 열심히 하려고 최선을 다했다.

거실에서는 산, 자기 방에서는 한강이 보이는 최고의 뷰를 갖고 있다.

"seoulite in the city seoulite in the city seoul in the rain"

목소리를 높여 노래를 부른다. 하늘이 좋으면 하늘이 좋은 대로, 날씨가 꾸물하면 꾸물한 대로 즐겁게 산다. 풍광과 날씨가 둘 다 억수로 좋게 아파트가 지어졌다. 날씨에 의해 최고의 경관을 선사한다. 많은 작업이 든다. 하지만 억수로 좋다. 많은 손이 간 것이다.

목소리를 높여 노래를 부른다. 여자아이인 자기 동생이다. 귀여운 동생이 노래를 부르려 한다. 여자아이도 따라 부른다.

"paris in the rain paris in the rain."

여자아이는 동생이고 20년 어리다. 10살이다.

"야 조용히 안 해?"

자신의 휴식을 방해한 것이다.

"싫어. 이 멍청이 대기업 상사 똘마니."

"아오, 이게."

2

마라톤 선수

*

마라톤 선수 이의는 계속 뛴다. 비오는 날이지만 계속 뛴다. 몸무게는 아무리 먹어도 65kg을 넘지 않는다. 계속 뛰니 살도 안 붙는다. 프로 선수가 되지는 못했지만, 마스터스에서 계속 상위권에 들었고, 코치와 함께 마라톤 대회를 준비 중이다.

계속 뛰고 있다. 언제나 같은 표정으로 같은 자세로. 속력만 다른 채.

아파트를 지나간다.

"매우 좋은 아파트네. 왜 이렇게 잘 지었지."

계속 달린다. 끝이 안 보이는 거리를 계속 달려야 한다. 자세는 3자세 정도가 있다, '상중하'라고 불린다. 속력을 높이고 줄이고 모두 상중하 3자세로 바꾼다. 차의 기어 같은 것이다.

언제나 속력은 하로 맞추어 놓고 60㎞며 80㎞며 끝도 없이 달린다. 그 정도의 체력은 있다. 그것을 견디어 내야 42㎞의 대회를 해 볼 수 있는 것이다.

하 모드로 끝도 없이 뛴다. 계속 달릴 뿐이다. 끝도 없다. 여의도까지 4번 돌아야 한다. 끝도 없다, 가끔 빨리 지나가는 4㎞만 뛰어가는 빠른 남자애가 있다. 너무 빨라 따라가지 못한다. 지는 것이다.

또 지는 유형은 전속력으로 뛰다가 앉아서 1분씩 쉬고 계속 뛰어가는 사람이다. 그 사람은 거의 못 이긴다. 누가 와도 못 이긴다.

"아, 새끼. 또 쉬네."

"내가 더 빠르다. 나보다 낮네 니 뜀."

오늘도 끝도 없이 뛴다.

달리기란 최선보다는 꾸준함이 얼마나 가는가. 그리고 어떤 전략으로 경기에 나서느냐가 게임의 승패를 가진다.

3

여고 3

*

비가 추적추적 내린다. 교복을 입기 그렇다. 등교할 때 입을 치마를 하나 챙긴다.

'아차, 오늘은 쉬는 날이지.'

딱 맞는 교복을 입고 나가다가 친구를 만난다. 하남의 길은 아직 거친 길이 많다. 경기 지역이 발전은 했으나 서울의 길처럼 잘 정비되지 않은 것이다. 위험하다.

친구와 밥을 먹는다. 하하호호 웃으며 밥을 먹는다. 둘이 하남에서 밥을 먹으며 집으로 돌아오고 있다. 담배를 피는 아저씨가 있다.

"아 구리다."

둘은 웃으며 집으로 간다.

4

목동의 하루

✳

평일이다. 오늘은 쉬는 날이다. 뭐할까 생각하다가 바로 쇼핑을 하기로 한다. 쇼핑하러 자전거를 타고 간다. 가는 데만 2시간 걸려서 한 시간 쇼핑하면 왕복 5시간은 걸리는 쇼핑이다.

엄마가 말한다.

"오늘 비 와. 차 타고 가."

"그냥 갈게. 안 오겠는데."

5분 후.

"아오, 비가 쏟아지네. 그냥 가야지 뭐. 바람막이라도 입고 그냥 가야지."

억수로 비가 온다.

비가 오는 날에 자전거를 타고 간다. 자전거를 타고 가는 길에 다른 자전거도 있다. 몇 명이 있다. 비루한 차림에 녹슨 자전거를 타고 가는 할아버지 아저씨들이 있다.

"어어어!"

콰당.

어떤 아저씨와 부딪쳤다. 목동은 기분 나쁜 아이다.

"야 미쳤나, 이 노비. 야! 미친. 야, 세탁비, 치료비, 보험료까지 내놔."

아저씨가 힘없이 일어난다.

"나 돈 없어."

"야 뭐 돈이 없어. 네 집 월세지. 죽을래? 돈 내놔. 서울이잖아."

"나 돈 없어, 미안혀."

"야 뭐 아오."

"미안혀." 하고 스르륵 가버린다.

늙은 아저씨한테 욕을 중얼중얼 거리며 자전거 페달을 밟는다. 무슨 가는 길이 아우토반 같은 최강의 자전거 로드를 자랑한다. 마음껏 밟아도 아무 위험한 곳이 없다. 쭈욱 나아간다. 백화점에 들어간다.

옷에 다 물이 묻었다. 옷을 갈아입는다. 일단 바람막이를 벗는다. 안은 거의 안 젖었다. 그 후 가져온 좋은 옷들을 꺼낸다. 다 이름 있는 상표가 붙어있다. "여기 못 들어와요."라고 말하는 사람도 없다. 그저 한 명이라도 모신다. 화장실로 들어간다. 옷을 갈아입는다. 비옷을 다 비닐에 넣는다.

옷을 갈아입고 빗으로 머리를 빗는다. 너무 멋있게 머리를 만든 후 백화점의 쇼핑을 하기 시작한다.

"이거 10만 원만 깎아줘요."

"못 깎습니다."

말을 놓아버린다. 반말을 지껄인다.

"100만 원 쓰는데 이걸 못 깎아 줘. 야, 젊은이 좀만 깎아줘."

"못 깎습니다. 여기는 세일이 안 되는 매장이라."

"오케이. 바로 줘. 또 안 와 . 분명히 해. 또 안 와."

100만 원짜리 옷을 사고 집으로 돌아간다. 심통이 나서 안 풀린다. 넘어진 게 너무 화가 난다. 명품 옷으로도 화가 안 풀린다.

"아따 그 새끼."

5

마라톤 선수 중

*

마라톤 선수는 계속 달린다. 오늘은 하 모드로 달리다가 비가 와서 빠른 속도 중 모드로 집으로 바로 오고 있다. 계속되는 빗물에 계속되는 달리기를 한다.

"오늘 많이 뛰었어?"

코치가 묻는다.

"계약이 들어왔는데, 이거 해야 하노."

"뭔데, 프로 계약?"

"아니 스폰서 계약, 프로 밑."

"보자."

계약서를 읽는다. 3장에 걸친 계약서가 있다. 계속 읽는다. 거의 사기이다. 끝도 없이 갑질 계약이다.

"5년 이상 운동밖에가 아니라. 하루에 200㎞를 달려야 되고, 외부 활동을 주말마다 하고?"

달리기만 하게 되는 계약이다. 실력이 프로만큼 안 되니깐 운동만 시켜보고 크면 다음 계약을 하는 그런 살인적인 계약이다.

"그냥 이거 하지 말자."

코치가 말한다.

"해야지 왜. 나는 이것밖에는 안 되는데."

6

오늘도 달린다. 계속 달린다.

✳

날씨는 화창하기만 하다. 계속 8시부터 시작해서 3시까지 달리고 있다, 아직 달릴 시간은 3시간이 남았다. 중 모드로 계속해서 달린다. 끝이 없다. 다리는 휘고 있고 뼈는 가늘다. 자전거는 계속해서 지나간다.

다리가 아파서 조금 쉰다.

푸른 하늘은 너무 덥다. 계속 힘이 든다.

돌아오는 길. 해가 저문다. 버스를 타고 집에 온다. 핸드폰을 본다. 핸드폰만을 보는 것이다. 하루가 힘들다.

7

비 오는 날 목동

*

비가 내린다. 목동이는 달리기를 하려 한다. 비 오는 날. 달려보면 추워지려고 하고 감기에 걸릴 수도 있다. 하지만 건강하고 운동으로 단련되었다면 물리적, 신체적으로 힘든 것은 없다. 달리면 안 된다. 나가 뛰면 미친놈으로 오해 받는 게 옛날부터 들려오던 악담이다.

그러나 비가 이슬비가 내리며 밝은 날씨가 아닌 안갯길을 자전거로 달리면 최고의 어쩌면 잊을 수 없는 여행이 되기도 한다. 그게 여행보다 좋기도 하다.

달리기를 계속 하며 나아간다. 가는 장소가 좋으면 자전거는 더 신나게 달린다. 신나게 달리면 최고의 레이스가 된다. 최고의 레이스를 즐기는 것 그 안에 비오는 날이 있다.

비 오는 날 거리는 미친 게 아니다. 그저 우산만 바뀌었을 뿐이다. 사람들은 아무도 안 바뀌는 것이다. 우산만 바뀌니 새로운 세상이 아닌 것이다. 달리는 사람도 항상 있는 대로 있다. 그러나 달리는 사람은 마스크와 두건을 두를 뿐이다. 선글라스 하나와 분홍빛 민소매 티 하나 입고 뛰다가 바뀌는 것 뿐이다.

그러나 비 오면 미친놈이 뛰어나온다는 것이다. 전혀 그렇지 않다. 자전거를 탄다. 거리를 나선다.

나가려는 목동에게 아빠가 말한다.

"비 오는 날 뛰면 미친놈이야."

"뭐? 그런가. 그래도 갈래. 비 맞으면 기분이 좋잖아."

라이딩을 간다. 다른 아저씨들이 한 명 두 명 보인다.

비 오는 날이 아니면 없을 아저씨들이 한 명 두 명 보인다.

"아, 비 맞는데 운동하는 아저씨들이 있는데. 좀 이상하네."

계속 뛴다.

이상한 아저씨도 있다. 자전거를 타고 어디로 간다.

비 오는 날 달리는 사람이 있다. 이상하다. 진짜 미쳤거나 어쩔 수 없이 달리거나, 비 맞는 게 좋거나.

학생들이 지나간다. 예쁜 우산을 들고 간다. 노란색,분홍색.

어린이들은 그런 귀여운 것을 가지고 다닌다.

아무 생각없이 편의점 우산을 쓰는 아저씨들이 무심할 뿐이다.

거리는 우중충하다. 을씨년스럽다. 거리는 자전거 몇 대와 지나가는 소년들.

목동은 아빠 차를 부른다. 외제차다. 지친 몸으로 앉는다. 비가 오지 않는 곳에 앉아 있다. 경기도 동부쯤. 가는 곳에서 아빠를 부른다. 사람들이 앉아 있다.

"아따 거시기 잘 됐나."

"해병, 잘 안 됐지."

"그렇나, 거기 가라 개 양평 개."

세 명의 할머니들이 떠들고 있다. 다 늙고 힘이 많이 없어 보인다.

"할머님들. 편히 노세요."

"오냐."

할머니는 계속 빤히 쳐다본다. 궁시렁궁시렁하다가 돌려 앉는다.

내리는 비를 맞으며 아빠를 기다린다. 비는 계속 온다. 차는 계속 지나간다. 할머니한테도 차가 지나간다. 우리 차가 아니다. 남의 차이다. 그렇게 계속 비싼 차만 지나간다.

8

생공 기사 목동

✳

목동은 집에 와서 책을 읽는다. 생공 기사다. 철저히 준비해서 자기 일을 맡아내야 한다. 책을 읽으며 공부를 한다. 비 오는 날에 공부를 한다.

자기의 일은 열심히 한다. 누구한테도 지면 안 되는 게 자기 일이다. sky 나온 사람은 다 그것이 기본이다. 일과 관련된 모든 시행령, 설정법까지 다 외운다. 하나라도 더 이기려고. 최고의 프로페셔널이려고 하는 것이다.

"휴 힘들구나. 이게 힘들구나, 일이라고."

조금 변했다. 비오는 날 거리의 사람들 때문이다.

창문을 본다. 자전거를 타는 사람이 조금 있다.

로맨틱할 수도 있다. 비 오는 날의 자전거는.

성격이 바뀌어 버린다.

9

성격이 바뀌어 버려

✳

밥을 먹고 자기 공부를 한다. 백화점을 너무 많이 간 탓인지 온갖 사람이 다 익숙하다. 주차장에 자기 차를 댄다. 차를 타고 백화점에서 물건을 사는 것 그게 대단할 나이이다. 취업을 곧 하고 최선을 다해 일이 적응할 때다.

비 내리는 날 청소부 아저씨가 있다.

"이것 좀 치워야죠."라고 말한 후 괜히 그 쓰레기를 집어들어 미화원의 봉투에 넣어 준다.

"썩을."

"야 뭐 썩을?"

미화원이 화내고 지나간다.

"아오."

'내가 먼저 욕하니깐 욕한 거지?'라며 생각한다. 곰곰히 생각해본다. 이유는 이것이다. 사람됨이 문제임을 인식한다. 괜히 사람됨으로 직원들을 대해본다.

직원이 사람됨으로 말을 걸자 말한다.

"아 ××"

"아 이것도 아니네."

10

레인보우

*

비오는 날을 달린다. 끝이 없는 빗길에 목동도 지친다. 한번 해보고 싶다. 자신의 성공을 한번 해보고 싶다. 끝이 없는 이런 오솔길 같이 산길보다 쉬운 이 길이 끝이 없다. 비를 맞으며 머리를 다 뒤로 넘긴다.

계속해서 달린다. 비가 천천히 온다. 막 달린다. 이마에 비가 흠뻑 온다. 너무 힘들다.

'한 번만 성공을.'

근처 카페에 간다.

엉엉 운다. 땅이 꺼져라 엉엉 운다.

지나가는 새가 있다. 하늘이 비가 온다. 우중충해서는 비만 내린다.

성공….

11

소녀

✳

여자 학생은 빗물에 우산 하나를 들고 온다. 비는 우루루룩 하며 장마와 폭풍우를 동반한 아주 무서운 비이다. 물 폭탄을 가득 실은 무서운 비이다. 자동차들이 있는 도로도 물에 잠긴다.

"어우 사고나겠어."

비가 우루루 오며 차들은 미끄러지는 것이 보인다. 차가 도로에서 미끄러진다. 끼익, 하며 미끄러진다.

여고생은 별 문제를 못 느낀다. 점점 바빠지는 9월, 여고생은 정신을 못 차리며 빨리 걸어간다.

12

할 수 있는 건

*

비가 폭풍과 장마가 섞인 날씨이다. 그냥 비가 끝도 없이 오는 게 아니라 주룩주룩 이상으로 왁 우수수 하고 온다. 그러다 날씨가 어두워지자 앞도 보이지 않을 만큼 비만 온다. 비가 오전부터 저녁 일몰이 될 시간까지 끝도 없이 온다. 끝이 보이지 않는 폭풍우이다.

8월의 하늘에는 저녁의 달이 빨리 떠 더 밝고 크게 다가오는 그런 저녁이 몰려온다. 고3 소녀는 집에 온다. 비 오는 날이다. 코너에서 재빨리 달려 나간다. 신호등 없는 보도다. 확 나간다. 차가 멈춘다. 쫘아악 미끄러진다. 소녀는 차에 쫘악 치여 버렸다.

“끼약”

목동이 뛰어오다가 소녀를 발견한다.

마라토너가 달려오다가 소녀를 발견한다.

전부 다 큰일났음을 목격한다. 놀란 목동이 말한다. '고칠수 있을까'란 마음이 스쳐 지나간다.

성공이 아닌 승리를 하고 싶다. 전교 1등으로 매일 내가 이기던 고등학교 전교 2등이 아닌 그저 사람 한명 사랑하고 싶다.

"의생명 연구자입니다. 제가 긴급처치를 하겠습니다."

맥박, 동공, 혈압 모두 재어 본다. 모두 정상이다. 생명을 살려야 한다. 다 조사한다. 사람들이 모인다.

"빨리 구급차를 불러요."

"구급차 못 와 멀어서. 침수되어서, 강이."

목동은 모든 신체를 파악한다. 그러더니 말한다. 모든 살릴 가능성을 염두하고 있다.

"살릴 수 있습니다. 과다 출혈이 제일 걱정돼요. 모든 기관이 다 움직이고 있습니다. 빨리 병원에 가서 피를 수혈 받아야 합니다."

마라토너가 말한다.

"내가 업고 뛸게요."

소녀를 업는다. 제일 빠른 속도로 뛴다. 끝까지 뛴다. 소녀를 업으니 억수로 무겁다. 무거운 정도는 +80kg 급이다. 달리나 달려지지는 않는다. 버티기 모드, 즉 하 모드로 일단 뛴다. 50㎞ 내에 병원의 위치를 알고 있다. 끝까지 뛰는 것이다.

구급차를 부르는 것보다 빨리 가야 한다. 구급차보다 빨리 갈 수 있다. 50㎞이니 2시간 아니 1시간 내에 달려야 한다. 그저 달린다. 버티기 모드 즉, 하 속력으로 끝도 없이 달리려 한다.

하 모드로 가나 이제는 끝이다. 더 이상 이 속도로는 안 되겠다. 상 모드로 바꾼다. 즉, 전력질주 모드이다. 전력질주 모드인 상은 5㎞ 이상 뛸 수 없다. 그저 미래 없이 달리는 것이다. 끝도 없이 달릴 수 없을지도 모른다.

죽을힘을 다해 달리기 시작한다. 비는 추적추적 내린다. 그러나 빗속을 계속 달린다. 힘이 하나도 없다. 이미 힘은 다했다. 상 모드보다 빠른 모드로 달리기 시작한다.

자신의 힘보다 더 높다. 이런 힘이 비축되어 있었나 보다. 언제나 달리니까 비축되어 있었던 것이다. 소녀는 움직임도 없다. 그래서 미친 듯이 달린다. 미친 듯이 30㎞를 달린다.

이제는 병원이 있는 곳이 보인다. 10㎞ 남았다. 소녀는 점점 차가워진다. 마라토너도 차갑다. 미친 듯이 달린다. 최상의 모드로 마지막 힘으로.

눈물을 흘린다. 마라토너는 눈물을 흘리며 최고의 빠르기로 계속 뛴다. 자전거와 비슷한 속도로 최고의 속도로 뛴다.

"여기요."

병원 직원이 다 나온다.

"빨리."

"피가 없어요."

"알겠습니다. ×레이 찍고 피 확보하고 ms 준비하고."

마라토너는 넘어진다. 피범벅이다.

"당신은 괜찮죠?"

"네, 아직도 뛸 수 있습니다."

할 수 있는 것은 달리기밖에 없다.

13

수술 중

*

"매스."

"동맥 잡아. 어, 거기 이어."

"꿰매야 돼, 거기."

목동은 응급실 주치의를 잡고 이야기를 하고 있다.

"뭐가 문제냐면요. 동맥이 끊긴 것 같아요. 혈압과 맥박은 괜찮은데 미세 파열이 있는 것 같습니다."

"그게 그렇게 판단됩니까? 메시지 전달해. 바로 수술과에."

목동은 계속 자기가 짚은 것을 이야기한다. 최고의 머리로 최고의 기술을 가진 목동이 말이다.

마라토너는 계속 앉아 있다. 수술실 앞에서 가족들과 앉아 있다.

“아이고 빨리 좀 와주셨어야 하는데, 이게 뭔가요.”

“최선을 다했습니다.”

‘또 지는구나.’

목동도 같은 생각이다. 또 지는구나.

수술실에서 삐삐삐 소리가 들린다.

“살려주십시오. 우리가 비 오는 거리를 걸어 다니듯이. 비를 맞으며 노비같이 지내도 괜찮듯이. 멋진, 다시 한번 우리 같은 서민을 살려 달란 겁니다.”

말을 더한다.

“미친놈 같이 뛰어다니는, 비 오는 날의 러너처럼. 우리는 이렇게 하찮은 겁니까? 겨우 노인이 밥버러지밖에 못 되냐고요.”

의사가 말한다.

“최선을 다해 해보겠습니다.”

전부 다 운다. 의사들도 푹 처진다.

잠시 후 끝이 났다, 수술이.

14

함께 웃다

✳

소녀는 살았다. 모두 모여 있다. 소녀의 아버지가 고맙다고 말한다.

"고마워요, 고맙습니다."

목동도 다시 웃는다. 몇몇 사고 목격자들도 웃는다. 휴 살았네.

의사가 말한다.

"미세절단 맞더라고요. 진단하기 어렵던데."라며.

"네, 제가 그런 거 다 배운 전공자입니다."

"됐습니다. 이제 회복이 되어야 합니다."

다 웃는다. 잘 되겠죠, 라며.

15
일상으로

✳

모두 다시 일상으로 돌아갔다. 하룻밤 사이에 생겼던 그 사건. 그 후로 아무것도 바뀌지 않았다. 비가 오고 나면 다 원래대로 맑아져 환해지듯이.

비 오는 날 달리기처럼. 저녁 바이크 라이딩처럼.

다시 달린다. "하나둘, 하나둘" 소리를 내며 달린다. 마스터즈 대회에 나간다.

너무 쉽다. 1등을 계속하다가 뒤돌아보지도 않고 1등으로 끝낸다.

"대단하십니다. 오늘의 일등 마라토너, 대단합니다."

마라톤 팀의 스카우터들이 물어본다.

"몇 살이고 프로로 전향할 생각이 있습니니까?"

"아닙니다. 최선을 다해 더 뛰고 싶습니다."

뛰는 것에만 목표가 있는 것이다.

"알겠습니다."

목동은 더워서 에어컨을 켜고 누워 있다.

비가 오는 거리를 쳐다보려고 한다. 비 오는 날이 너무 좋다. 억대 계약이 기다린다.

"비가 내리면 우산을 들고 난 당신을 생각해요."

노래를 흥얼거린다.

엄마가 말한다.

"밥 나가서 먹을까?"

"가자. 비오는 날, 자동차로 드라이브하며."

집에 온다. 계약이 성사되었나 봐야 한다.

계약서가 왔다.

"됐어. 이번 프로젝트 성공했다고!"

16

젖어드는 옷매

✳

비 오는 날 뛰는 마라톤은 미친 게 아니라 로맨틱할 뿐이다. 젖어드는 옷매가 로맨틱하다.

은퇴해도
턱시도는 사야 돼

o

겨울 밤

✳

분주하게 움직이는 사람들. 겨울을 겨우 보낸 겨울 남자들이 지나간다. 휘날리는 겨울 밤 하늘을 실크로 수놓는다. 흔들리는 상자들 겨울로 된 크리스마스 같은 날들, 얼마나 내년이 되지 않았으면 한다. 열차와 기차들. 크리스 마스 트리가 하나 있었으면 한다. 전구로 휘감아 불빛이 나는 평범했던 나무들.

번화가에 나무들이 우뚝 솟아 사람들의 사진기에 걸린다. 찰칵찰칵 빛나는 크리스마스가 좋기만 하다. 크리스마슥가 끝난 연휴에는 사람들 한명 한명이 모여 잔치를 연다. 카페에서 모여 앉아 따뜻한 차를 마신다.

새로운 눈길로 잘생긴 남자를 쳐다 본다. 눈썹을 위로 올리며 쳐다본다. 남자도 웃으며 힐끗 본다. 좋은 외모로 나와 기분이 좋다. 머리 스타일 하나 제대로 쇼핑 센터에서 하고 슬슬 나와 거리를 다닌다. 을씨년스럽다가도 좋은 온도에 맞게 옷을 입고 거리를 돌아다닌다. 매우 좋은 날씨인 가을이다. 보통의 가을 겨울 날씨다.

커피를 큰 사이즈로 시킨 후 후후 불며 음료를 마신다. 음료를 마시면서 사람들을 쳐다 본다. 끝도 없이 지나가는 사람들. 공간은 언제나 같지만 사람은 항상 다르다. 그런 변화가를 사람들은 계속해서 지나간다. 하루도 쉬지 않는 회사들은 바쁘게 움직인다. 빠르고 정확히 많이, 직장인의 세 가지다.

1

은퇴식

*

"됐노. 어 됐다. 어."

심 이사가 은퇴식을 하고 있다, 재정 적자로 인한 은퇴이다. 은퇴를 하며 앞으로 잘 쉬려고 한다. 재정 감축에 의한 은퇴지만 명퇴이기는 하다.

"축하해요."

직원들 한 명 한 명 말한다.

"다 견뎌 내신 심 임원님, 대단하십니다."

"뭐 이런 걸 다 주나. 어, 일이 너무 힘드노, 나한테 왜 이카노. 어."

심 이사는 너무 좋다. 더 이상 정든 곳이지만 전쟁을 치른 이 기업과 동료들과 자신의 사무실을 안 와도 되니 행복하다.

"한 말씀 올려 주십시오, 심 이사님."

직원 대리가 말을 부탁한다. 대리는 젊고 아직 미래가 창창하다. 말을 해보란 것이다.

"지금 어려움을 잘 극복해내레이. 꼭 성공이 온데이."

성공이 올 것을 미리 말해준다. 성공은 최선과 열심히 그리고 능력이 있어야 온다. 그것을 해내고자 열심히 살아야 한다.

"최선을 다하래이. 내가 이렇게 떠나네, 어."

심 임원은 자신의 프라이드를 갖고 은퇴를 하고 있다. 앞으로는 쉬려고만 한다. 프라이드를 가지고 있다. 자동차가 아닌 정말로 자신이 가진 최고의 자신감과 자존심이다. 그것을 이사까지 오르며 가지고 왔다.

2

정복을 사러

✳

수일은 앉아서 tv를 보고 있다. 심 이사의 아들이다. 누워서 아버지가 오는 걸 기다린다.

"와 저거 멋있네."

수일은 옷을 보면서 보고 있다. 옷 작업을 좋아하는 수일은 너무 비싸고 괜찮은 옷 입기를 좋아한다. 무슨 옷을 입을지가 큰 즐거움이다. 오늘도 홈쇼핑을 보며 옷을 고르고 있다. 옷을 입는 것이 좋은 수일이다.

"띵동."

"아빠 축하해."

"뭘 그러나, 알겠다. 이제 그냥 집에서 살아야 한다."

"저 옷 멋있다." 수일이 말한다.

“뭐 아직도 정신을 못 차렸나.”

심이사가 화를 낸다. 아직도 저런 정장도 아닌 턱시도도 아닌 정복을 사 달라는 것이다. 매우 좋아하며 사고자 해서 아직 정신이 덜 든 것이다. 정복은 서양식 파티에서나 입는 것이다. 양복을 대용으로 입어도 된다. 그런 매우 비싸고 호화스러운 옷이다. 정장은 몇 벌 있어 그것을 입는 것이 성공이라고 봐도 된다.

둘은 TV를 본다. 씻고 돌아온다. 백화점에 가기로 했다. 옷을 사로 간다, 백화점을 향해 출발한다. 정복을 사겠다는 것이다. 정장도 아닌 정복 말이다. 파티복이라고 말하면 쉽다.

3

백화점에서

✳

백화점은 웬만하면 다 좋다. 동네에서 제일 비싼 백화점을 간 것이다. 백화점에 오는 사람들은 비싼 옷을 잘 사간다. 싼 옷을 많이 사긴 해도 부자들이 좋은 옷을 사간다. 수일과 심 임원 역시 마찬가지다. 비싼 옷을 사려고 온 것이다. 비싼 차를 타고 비싼 옷을 입고 좋은 음식을 먹는 게 저들의 낙이다.

"아, 그거 참. 음식은 뭐 사가지."라며 음식도 백화점에서 사고 있다. 너무 부자다.

백화점에서 살아가는 게 저 둘의 꿈이다.

"우리 참 성공했데이 . 매일 이렇게 백화점을 다니는 게 성공 아니겠노."

백화점을 가는 것이 크나큰 자랑이다. 자랑을 하는 것만큼 잘하는 것은 심 이사 말고는 없다. 심 이사는 행복한 마음가

짐으로 열심히 백화점을 걸어다닌다. 은퇴자다. 정년을 채운 은퇴자다. 매우 행복하다.

백화점이 계속 있는 이유는 젊은이들의 데이트 장소여서가 아니다. 돈을 계속 막 써주는 나이 있는 갑부들 때문이다. 몇 백씩 긁을 능력이 있는 갑부들에 의해 오늘도 활기찬 전통재래시장이 아닌 백화점이 있다.

"아빠 명품을 사야 된단 말이야. 백화점 명품을 사야 된다고."

명품을 사는 것이 수일의 자랑이다.

"그렇노. 명품을 사야 되노."

"들어가 보자."

턱시도 한 벌이 문 앞에 걸려 있다. 그 턱시도를 보더니 심이사의 눈이 휘둥그레진다.

'저 옷이 얼마나 많은 의미가 있겠노 . 저게 성공 아니겠노.' 라고 생각하며 묻는다.

"저게 얼마에요?"

점원이 대답한다.

매우 멋있다. 큰 정장에 라인이 딱 들어가 있으며 연한 검정과 진한 검정, 다 캐시미어 같은 부드러운 느낌이 있다. 입기만 해도 대단한 성공을 거머쥘 만한 최고의 정복, 턱시도이다. 턱시도 하나 사는 게 그렇게 비싸고 거추장스러운 줄만 안다. 이런 것 한 벌은 있어야 한다.

턱시도의 바지며 구두며 모두 팔고 있다. 바지는 딱 맞는 그런 멋있는 바지를 팔고 있다.

"안 팝니다."

"네, 안 판다고요? 제가 정가를 주고 살거니 저에게 파시죠."

심 이사는 너무 사고 싶다. 정가를 주면 다 돼야 한다. 그러나 가끔 비싸고 여유가 없는 제품은 안 판다.

"파는 게 아니라서요."

"뭐가 옷이 있는데 안 팔아요? 저 좀 주세요."

심 이사는 우긴다. 비싼 턱시도는 괜한 사치용품 이상이다. 자신의 명예와 부를 드러내고 파티에서 귀하게 지낼 수 있는 그런 최고의 물품이다. 어떻게든 사야 한다. 비싼 옷보다는 매우 의미가 다르다. 어떻게든 한 벌 있어야 된다. 스파 브랜드에도 싸게 판다. 그런 것을 사는 것이 더 낫다.

"있잖아요, 사이즈 없는 게 아니라 여기 다 있네요. 저기 창고에 다 있네요, 그걸 하나 사겠다니깐요. 공짜로 달라는 것도 아니고 그거 하나 주세요. 입어 보게요."

수일도 포기한다.

"아빠, 저건 아니지. 우린 못 입지."

심이사는 화를 낸다. 화를 낸 만큼 더욱 더 비싼 것에 대한 욕심이 난다. 어떻게든 사려고 하는 것이다. 욕망의 끝인 턱시도를 사려는 것이다. 매우 좋은 향과 각이 다른 이 옷을 사려는 것이다. 각이 매우 다르다. 어깨나 바지의 품이 말이다.

"뭐가 아니노. 입고 싶으면 입는 거지!"

수일도 화가 났다 . 아빠가 계속 사려고 해서 말이다.

"아빠 창피해."

"입게 좀 주란 말이에요. 빨리 주세요."

"아빠 창피하다고."

"아따 좀 주란께."

이제는 반말을 막 한다 . 그리고 결국 샀다. 백만 원을 주고 샀다.

4

집에서

✳

턱시도를 사와서 기쁜 마음으로 집으로 돌아왔다. 자신의 턱시도가 흠이라도 날까 봉투에 고이 담아 애지중지한다. 턱시도를 가지고 집으로 돌아왔다. 차 파킹하는 시간이 그렇게 길다. 좋은 차에 뭐에 뭐에 다 있다. 좋은 회사 이사가 그 정도로 좋은 직장이다. 명예 은퇴까지 했으니 명예로운 것이다.

명예훈장까지 생각한다. 훈장을 달면 멋있을 것 같다.

"아따 여기에 이 명예 훈장을 달면 어찌나 멋있겠노."

"아빠가 이상해" 하며 수일이 엄마에게 이른다.

"아빠가 훈장을 달고 턱시도 입어."

마치 진짜 귀족인 것처럼 서 있다. 배가 살짝 나오니 더 부자 같다. 그렇게 다 웃는다.

"이게 나 아니겠노."

수일은 아버지에게 장난치려고 한다. 아빠가 그렇게 턱시도를 입고 밖을 돌아다니게 하려는 것이다. 뭐가 입고 갈 곳이 있어야 입을 수 있는 옷이다. 밖에 아무데나 나가면 매우 큰 창피이다. 아버지를 속인다. 공원에 턱시도를 입고 가라는 것이다. 공원을 한 바퀴 돌고 오라는 것이다.

"그럼 공원 한 바퀴 돌고와."

'속는군.'

"그러자, 그럼."

공원을 걸으러 간다. 모두들 쳐다본다. 다 욕을 한다. 그래도 멋있는 줄 알고 계속 나다닌다. 공원을 모델이 된 것처럼 걷는다. 한 발 한 발. 모두 모델 같고 고귀하고 청렴해 보인다, 깨끗이 산 심이사가 보인다.

집에 돌아오니 엄마가 욕을 한다.

"어딜 돌아다녀, 그게 사람이야 짐승이야. 어?"

5

수희네

✳

'심 이사가 은퇴해서 너무 외롭다'

수희는 안 좋은 생각에 빠져있다. 10년 동안 함께한 심 이사가 없어지니 회사 일이 심심하다. 언제나 버텨주던 심 이사가 없으니 안아줄 곰돌이가 없어진 것이다.

곰돌이 같았던 심 이사는 One Track Killer. 즉 외골수 였다. 아무리 힘든 일이 있어도 계속 일만 하여 어떻게든 한 작업을 성공적으로 마쳤다. 새벽 4시에 혼자 남아 사무실에서 일을 하며 보낸 날만 1,000일이 넘었다.

성과급만 주는 것이 아닌 폭풍 승진으로 이사까지 오르게 되었다. 이사가 된 후도 끝까지 야근은 안 하였지만 가장 많이 성실히 죽어라 일하는 것이었다.

"심 이사 없으니 하나도 안 돌아가네."

수희가 말한다.

"없어도 돼."

이 과장이 말한다.

"누가 다 맡을지, 그 일을. 으."

점심 시간이 되어서 팀원들과 함께 구내식당을 간다. 전부 다 심 이사가 없어 심심해한다. 부디 심이사가 돌아와 이야기를 이끌어 주었으면 한다. 매우 웃기고 재밌던 이야기들이 없어진 것이다. 팀원들은 그냥 심 이사 얘기나 계속한다. 그의 좋음이 그립다.

"아 맛이 뭐 이러노, 하는 사람이 없으니 심심하다."

"심 이사 입맛 맞출 건 하나도 없었어."

"없긴 없었지. 돈까스와 김밥밖에 없었지."

"오늘은 뭐지."

밥을 먹는다. 맛있게 먹는다. 살짝 외롭다. 나만 좋아하던 심 이사가 없으니.

수희는 밥을 빨리 먹고 자리로 돌아와 일을 한다. 일을 계속하며 컴퓨터를 두드린다.

6

턱시도

✳

턱시도를 입으며 심 이사는 거울을 본다.

"안 맞네."

턱시도를 입었는데 사이즈가 안 맞는다.

'큭큭큭, 병신.'

아들이 웃는다. 아들이 생각한다.

'다 망쳐야지.'

수일은 장난꾸러기며 천재다. 어떻게든 심 이사를 괴롭힌다. 아들이 되어 아빠한테 장난만 건다. 어려서부터 안 잡은 게 큰 실수이다. 나쁜 버릇은 바로 바로 안 잡으면 안 된다. 크게 이상해진다. 수인은 심이사로 하여금 턱시도를 수선집에 맡겨서 망쳐버리려고 한다. 수선집 재단은 천차만별이다. 브랜드 수선실에 맡기는 게 돈은 들어도 상책이다. 그러나 가벼운 것은 동네 수선집에 맡기는 것이다.

“아빠, 수선집에 맡겨요.”

“그럴까.”

뒤로 웃는다.

‘병신새끼.’

수선집에 간다.

수선 아저씨가 옷을 본다.

“이게 얼마짜린지?”

“천만 원이 넘어요. 잘 좀 해주세요. 네?”

“네. 사이즈를 크게?”

“네.”

“그럼 이 천을 덧대는 방식으로.”

천을 덧댄다는 말에 아들이 씨익 웃는다.

“네, 그렇게 해주세요.”

“얼마 들어요?”

“10만 원만 주시오.”

“네, 알겠어요. 내 그레이스 함이 손상되지 않게.”

“뭐, 그렇죠. 네, 네.”

7

수희의 회사

*

수희가 팀원들한테 말한다.

“오늘 심 이사 한번 보러 가요. 선물 하나씩 사서, 좋은 술 말이에요.”

6시, 퇴근 시간. 하나둘 사람들이 모인다. 차를 2대 가져 온다. 노른자 땅 교육열이 높은 구역의 최신 아파트가 있는 이사의 집으로 팀원들이 간다. 다 좋다 하며서 들어간다. 좋은 집에 사는 것도 중요하다. 이사는 집도 최고의 집이어야 한다.

“형, 이게 뭐에요. 얼마만이에요?”

“뭐가~ 됐어, 오랜만이다. 잘 지냈나.”

“잘 지냈죠, 와 집 진짜 좋네.”

“그렇노. 잘 살지?”

"동물 우리도 아니고."

심 이사는 찡그린다. 화가 좀 난다. 지나가는 얘기로 이해한다.

저녁을 먹으며 정담을 나눈다. 삼겹살 파티이다. 삼겹살을 5팩은 사왔다. 6명에서 고기를 구워 먹는다. 삼겹살을 끝이 없이 계속 먹는다. 고기를 구워 먹으며 맛있게 밥을 먹는다. 술을 한잔한다. 맥주도 역시 c나 h가 아니라 priemum 맥주를 마신다. 맛만 좋다. 심 이사는 할 말이 너무 많다. 계속 환담을 나눈다.

맥주 값은 회사 카드가 아닌 부장 카드로 다 냈다. 집에 음식이 더 많다. 쌓아 놓고 먹는다. 심 이사의 두둑한 배가 그것을 보여준다.

아들 이야기가 나온다.

"아들아, 이리 와라. 아들이 궁금하대."

수일은 인사를 한 후 옆으로 가서 무릎을 꿇고 앉는다. 어른들이기 때문이다.

"계속 말씀하십시오."

정담은 계속되고 웃고 슬픈 이야기도 하고 회사 돌아가는 얘기를 나눈다. 그렇게 하루가 가고 집에 간다.

달리는 차들에 타서 주황빛 불꽃을 뿜는 차를 타고 쌩쌩 나간다. 파란불에 가며 빨간불에 멈추는 그런 차로를 탄다. 계속해서 나아갈 뿐이다.

8

턱시도를 입고

✳

아들과 심 이사가 옷을 본다. 같이 보고 이야기를 주고받는다. 수선한 턱시도를 입어 보는 것이다. 옷을 입어 보며 재 보고 각 재고 해야 하는데 별로다. 한마디로 망한 작이다.

"어라 이상하네."

수일이 바로 웃는다. 자기가 유도한 것이기 때문에 웃겨 죽으려고 한다. 가족들이 다 웃는다. 망한 게 보인다.

"풉."

"뭐라고, 풉?"

이사는 땅에 앉아 막 떼를 쓴다. 이게 뭐냐는 것이다.

"이게 뭐냐고!"

수일이 웃다가 이사의 태도에 화나서 말한다.

"네가 신사냐, 아니냐. 신사가 아닌데 이런 걸 입어? 으이구,

꼴좋다."

심 이사도 화나서 말한다.

"뭐라꼬 이 새끼가!"

"이런 거 다 찢어 버려."

아들이 손으로 옷을 다 찢는다.

"이 새끼야!"

둘의 전쟁이다. 전쟁이 시작되어 둘이 억수로 싸운다. 서로를 욕하며 마구 싸운다.

9

회사 위기

*

우리 회사가 잘하고 있었으나 자금난과 현장 문제로 인해 대규모 감축과 파산 위기에 부딪쳤음을 알립니다. … 앞으로 회사를 살리려는 노력을 … 최선을 다하시기 바랍니다.

"야, 우리 회사 파산했단다."

"끝난 거지."

대리가 말한다.

"어떡해."

수희도 불평한다.

"우리 갈 데도 없어."

위기는 찾아올 수도 있다. 거기서 어떻게 버티느냐가 중요하다. 어떤 상황이 와도 당황하지 않고 이겨내야 한다.

"빨리 방법을 찾아봐요. 다 최선을 다해서."

10

심 이사의 회사

✳

심 이사는 아들과 아직도 싸우고 있다. 싸움은 끝이 없다. 몇 시간째 계속 싸우는 것이다. 누가 이길지 질지도 아니다. 더러운 욕을 더 잘하기다. 계속 싸움은 진행된다.

심 이사가 말한다.

"그래, 난 턱시도 한번 못 입어 봐서 지금 입어 봤다. 50년 동안 턱시도 한번 못 입어 봤어."

수일이 대꾸한다.

"그럼 누군 입냐."

심 이사가 다시 말한다.

"내가 입어 봤다. 그게 그렇게 싫노, 어?"

"그럼 나도 사주던가."

"아들아."

"그 구질구질한 것 좀 제발 버려. 이 멍청아."

"그래, 다 갖다 버려라 이 상놈아, 다 버려라 다 버려!"

"다 버려. 그런 거 다 버리라고. 네가 영국 상원 의원장이냐 이 미친놈아."

"이제 그만 좀 해. 넌 회사 임원직에서 전무도 못 달고 이사로 끝난 거야."

"그래, 난 거기까지 갔다. 넌 뭔데."

"다 때려치우자 이 아빠야."

"그려 때려치워. 다 이게 뭐고."

둘은 막 싸운다. 마구 소리친다. 싸움은 하루간 계속됐다.

11

은퇴 후 회사

✳

"막아야 해. 우리 회사는 부도나는 걸 어떻게든 막아야 돼."

"우리가 능력 있고 높은 사람을 얼마나 뽑았는데 겨우 이렇게 망하냐."

"심 이사는 어떨까."

"정신 못 차렸어, 심 이사."

"아, 집행이네. 부도야, 부도."

12

달리는 심 이사

*

"왜 나한테 말 안 했노."

심 이사가 직원들이 한 전화에 휴대폰을 받고 뛰어간다. 양복을 입고 뛰어간다. 양복도 급하게 입는다. 파랗게 고급스러운 마이를 입고. 10년은 된 듯하다. 그래도 그때는 매우 고급스러웠을 것이다. 매우 멋진 옷감이고 디자인이다. 매우 좋은 것은 맞다. 매우 날씬할 때 그때 정말 멋있었을 것이다. 후줄근한 바지에 좀 끼는 마이를 입고 언제나 그렇듯 고급차를 타고 마구 달린다.

항상 입던 마이와 바지를 입고 유치한 브랜드 서류가방을 들고 차까지 마구 뛰어간다. 그런 마이가 더 이상 빛나지도 않는다. 옛 모습은 빛났겠지만 지금은 직위도 오로지 명예 훈장밖에는 없다. 직위도 옛날 것이다. 자신의 마이는 정말 멋졌다는, 그런 자부심도 없다.

딱 맞지 않는 양복을 입고 뛰어가 회사차에 올라탄다.

심 이사가 외친다.

"집행? 어떤 집행인데, 왜 강제고. 어? 미쳤노, 한판 할래?"

"나가 죽어 임마."

경찰한테 소리를 지른다.

"현행 법률로는 압수 및 집행이 불가능해. 알겠냐?"

무섭게 생긴 경찰들이 오고, 경찰 병력이 온다.

"야, 너 뭐야. 민법 몰라?"

"압수영장 가져와. 그전에는 못 줘."

"나쁜 새끼. 얘들아 뭐하고 있노. 막아라."

13

본사로 가서

*

지점에서 본사로 헬프를 요청하려고 한다. 도움 없이는 안 되는 것이다. 어떻게든 지부의 파산을 막아야 한다. 그것을 심 이사의 계산으로 되야 한다. 여유자금을 다 빼서 지부를 살려야 한다. 그래서 어떻게든 본부의 그들에게 돈을 받아와야 한다.

본부는 물이 아니다. 매우 깐깐하고 까칠하다. 별로 좋은 놈이 못 된다.

"본사 팀, 지원 좀 해줘. 우리 회사가 넘어가겠다."

심이사가 소리친다.

한 직원이 외친다. 몇 번 본적도 없고 친하지도 않은 직원이다.

"뭐, 네가 뭔데 그래? 너 은퇴 했잖아."

계속 심 이사를 향해 욕한다. 너무 화나서 서로에게 욕하는 갈등 중이다.

“야 이 새끼야. 네가 뭐냐고! 은퇴한 미친놈이 계속 씨부리네.”

심 이사는 다시 고함친다. 리더십이 있었다. 분명히 그 팀은 팀원끼리 서로 잘 협력하고 일했다.

“야, 너 이만할 때부터 알았잖아. 어떻게 이래, 이 새끼가.”

아는 후배를 다그친다. 다시 부서로 돌아간다. 경찰이 붙는다.

“재 잡아.”

심 이사는 도망간다. 잡히면 끝난다. 우리 회사도.

심 이사는 도망가 지점으로 넘어갔다. 지점이 넘어갈 위기를 몸으로라도 막아야 한다. 다 압류되면 손쓸 수가 없다. 문만 잠가도 더 이상 못 들어간다. 그런 압류를 이겨내야 한다. 몸으로라도 막으려고 한다.

달려간다. 차를 타고 달려간다. 양복은 땀이 가득 차다. 힘들다. 그래도 달려간다. 땀이 나도 계속 달린다. 본부의 도움 없이 어떻게든 일을 해결해야 한다. 별 방안이 떠오르지는 않는다. 일단 막고 봐야 한다.

14

부회사

*

경찰과 대치중이다. 회사 문앞에서 경찰과 대치중이다. 문을 안 열어주려고 하나 계속 들어온다. 안 된다고 아무리 말해도 안 된다.

경찰과의 대치가 계속 된다. 끝이 없이 다 뺏으려는 작정이다. 그게 부도이다.

"이게 도대체 뭐냐고요 회사 부도는 맞는데. 다시 돈을 채울 수 있다고요, 근데 다 빼앗어요?"

"내가 왔다."

경찰들이 들이닥쳐 회사를 뺏으려고 하고 있다. 경찰은 압류수색중이다. 다 수사하고 넘기려고 한다. 다 압류하고 돈으로 만들어 부채를 갚게 하려고 한다. 경찰와 형사들이 계속 실랑이한다. 부장 , 대리 , 사원 모두 죽어라 말린다. 말려서 어떻게든 그만하게 하려고 한다. 다 이런 경험이 없다. 강한 심 이사 말고는 말이다.

"이사님, 제발 재네 좀."

직원들이 울상을 하고 있다.

"아파 죽겠어. 회사가 이 꼴이라. 다 내가 한 거란 말이야. 근데 하루 만에 뺏겨."

심 이사와 안 친한 한 직원이 말한다.

"은퇴자는 빠져 주세요."

"은퇴? 명예직도 못 받고 쫓겨난 나는 슬퍼서 죽고 싶어. 그래도 연금이 있으면 된 거냐."

"울지 마세요."

다 쳐다본다. 경찰이 몸싸움을 시작했다. 몸싸움이 시작되며 한 명 한 명 뒤로 넘어진다. 계속 다 부수려고 한다. 그 강렬한 순간 누가 도착한다.

"나도 너희처럼 팔팔해서 다 해낼수 있을 줄 알았는데 이렇게 내 전신이 무너지노."

수일이 뛰어온다.

한손에는 망치를 한손에는 목검을 들고 와서 경찰을 두들겨 팬다, 1명 1명 쓰러뜨린다. 20명으로 안 되자 무너진다. 도망친다. 경찰들이 도망친다.

수일은 뒤를 쫓다가 돌아온다.

"다 안전하신가요?"

15

본사

*

"본사 협력이 필요하다고. 어 본사에서 자본을 다 막고. 폐쇄하려 했다며. 다 자르고."

"네 이제 가망이."

"어떻게 하노. 빌어야 카노. 사람을 쓸고."

"본사 가 봤노? 개무시한데이."

"긴급 금융 자본 있던 거 있나."

"어 있을 수도."

"그거 하고, 주식 휴지되기 전에 다 팔아놓고."

"예."

"외부 투자유치는 안 되노."

"해보죠 뭐."

16

투자 유치

*

"우리는 지금까지 계속 우리 일만 해왔어요, 언제나 8시간씩 일해왔다고요. 같이 일하는 걸 제일 잘해요, 끝까지 지킬 테니 한번만 우리를 믿어 주십시오."

심 이사가 말한다.

"다 이래요. 저희 회사 다 제가 같이 해냈다고요. 그런 게 하루아침에 없어진답니까."

긴장이 계속된다. 해줄까 말까한 긴장이다. 매우 떨린다. 10분 20분 3시간 기다린다. 앉아있다. 쭉 기다린다.

손수건을 꺼내 얼굴을 닦는다. 손수건은 보통 정장집 손수건이다. 딱 좋다. 양복에 식은땀이 흐른다.

"그래, 해요."

"이사님! 됐어요."

"됐다. 자금 다 확보 됐어요."

"그렇노."

"됐어."

결국 해낸 것이다. 성공적인 투자유치로 부채 및 영업자금을 확보한 것이다.

오케이.

17

파티에서

*

종로구 회사 앞에서 사원들이 웃고 이야기하며 서있다. 다시 금융지원을 받아 회사가 굴러갔고 그 본사에도 지원이 오려고 한다. 다 파티를 준비하며 파티에서 앉아 있다. 파티장은 매우 좋다.

“와, 이거지.”

심 이사가 웃는다.

“내 턱시도 어떻노. 턱시도 위에 입을 코트도 샀는데, 어. 이거다. 멋있노.”

턱시도 위에 입는 검정색 캐시미어 코트를 입고 왔다.

“이 코트는 말이지 어 얼마 주고 샀는줄 아나? 10만원 주고 샀어. 와, 멋있네. 싼 것도. 어 어?”

심 이사가 계속 말한다.

'어', '어' 추임새에 직원들도 다 웃는다.

"저희도 한 벌 살까요? 와, 그 멋있네. 와 그"

"그 코트 사고 싶네."

본사 회사원들이 온다. 심 이사를 발견하고 웃으며 말한다.

'사장 맡아 주시죠. "

"뭐 사장? 그래, 나한테 맡겨라."

"욜. 제발 우리 1단계만."

직원들이 환호한다.

"재미있어 죽겠다. 와, 이제 좀 살아지네. 좋지 않노?"

"와, 아빠 저 진짜 행복해요. 와 뭐 이런 게 다 있냐."

세 명의 친구와 대화를 하던 아들이 말한다.

"우와, 이게 뭐에요? 뭐 이렇게 행복한 게 있어요?"

영우와 수일, God Bless You. All Is Merry Happy Year.

끝까지
그렇게

1

심 이사의 죽음

✳

병원에서 올라가는 에스컬레이터를 타고 올라간다. 사람이 붐빈다. 사람을 뚫고 입원 병동을 찾는다. 병동은 항상 사람이 있다. 죽어가고 태어나고 고치고 못 고치고. 항상 반복된다. 병원을 계속 찾는다. 어려운 사람 부자인 사람 모두 병원에 온다. 병을 가지고 병원을 오는 사람이 어떻게 제일 어려운 것이다. 의사는 그것을 고쳐야 한다. 정확한 병을 짚고 거기에 치료법을 맞추어 내야 한다. 죽을병에 걸린 사람들은 얼마 없다. 다 내일이 있다.

병원에는 1층과 지하층에 쇼핑몰을 운영한다. 여러 가지 먹을 것이 많다. 먹을 것을 하나 사서 병원으로 올라가는 사람이 꽤 있다.

건강 검진도 무서운데 암, 당뇨, 등 성인병은 더욱 무섭다.

항상 검진을 해주어야 하고 조금이라도 이상이 생기면 식이요법이 엄청나게 바뀌어야 한다.

건강 이상은 언제든 오기 마련이다. 몸에 좋은 것은 뭐든 해야 한다. 자기 전에 요가. 가끔 먹는 홍삼 같은 삼. 비타민제 등 좋다는 것은 최선을 다해야 하고 잘 먹어야 한다.

밥을 먹고 술을 마시고 운동을 안 하고 모두 성인병을 유발한다. 꾸준히 건강에 투자해야 한다.

너무 운동을 많이 해도 건강에 안 좋다. 마라톤 선수나 축구선수 같이 운동을 너무 세게 하는 선수는 일찍 죽는다. 생명 에너지가 없어질 수도 있기 때문이다. 모든 에너지를 다 쓰면 안 된다.

심 이사는 병원에 왔다. 계속 아팠다. 아픔이 계속 되어서 병원을 찾는다. 아픔은 꽤 크다. 장애가 될 뻔한 적도 이겨내야 한다. 그런 아픔을 계속 이겨내야 한다. 그러나 70살이 돼서 큰 병에 걸리면 매우 어렵다, 고치기 매우 어려운 병에 걸리면 힘들다. 모두 힘들다.

2

심 이사의 마지막 모습

✳

심 이사 역시 그런 성인병에 걸렸다. 의사가 안 된다고 한다. 그렇게 병을 얻었다. 병의 명칭은 누구나 다 알 성인병이다. 3대 성인병 중 한 개인 것이다. 조금 뚱뚱했던 심 이사는 매우 병이 복합적이다.

심 이사는 병원에 온 지 4개월이 됐다. 누워 있다. 가족들이 들어온다. 들어와서 과일을 깎는다. 과일은 달다. 에너지를 보충한다. 이미 에너지는 없다. 이미 죽을병에 걸린 것이다.

그러나 계속 살아 있다. 살아 있어 모든 힘을 다 쓴다. 병원에 걸려 있는 그림도 쓸쓸하기만 하다. 살아 있을 이유는 자신의 가족들 팀원들 친구들이다. 병원의 그림을 보며 슬픈 표정을 짓는다. 그림이 슬프면서 아름답다. 한 장의 예술이다.

모든 삶을 다시 돌아본다. 태어났을 때부터 계속 살아간 그긴 세월을 되돌아본다. 힘들었다. 인생은 매우 힘들었다.

심 이사는 아프다. 죽을병이다. 죽을 아픔이다.

"아빠, 안 돼. 벌써 가냐고."

수일이 막 울면서 소리친다. 안 돼, 하며 슬프게 소리친다. 너무 슬프다. 아버지를 이대로는 보낼 수가 없기 때문이다.

"유산은 어떻게 할까요?"

수일이 울면서 말한다. 자신의 돈을 얻기 위해서이다.

"너 줄 건 없다."

아버지, 아버지 하며 울고 있다. 돈을 안 줄 것이기 때문이다. 돈을 안 주려고 한다. 철부지 아들에게 돈을 안 주고 어떻게든 자기 힘으로 열심히 살아가기를 바란다. 돈은 안 준다.

뿌리깊은 서로의 앙금과 애증 때문에 서로를 아직도 싫어한다.

"끝까지 그렇게 할 거예요?"

수일은 외친다.

"그래, 인생 끝났다. 이제 좀 쉬어야겠구나."

아픈 이사는 눈물을 흘린다.

"네, 아버지. 너무 슬퍼요."

화가 나도 아버지가 돌아가시는 게 슬프다.

"아버지, 아버지."

또 수일은 외친다. 계속해서 아버지를 부르고 있다.

"똑바로 살거레이 어 나를 잊지 말고 똑바로 살거레이. 아들, 많은 우여곡절이 있었어 나의 삶도. 하지만 너를 키워냈잖니. 그게 정말 힘들었데이. 계속 나의 삶을 나침반 삼고 항상 나의 힘들었던 생애를 기억하레이. 나는 너를 참 힘들게 키웠데이."

"아버지."

"제발 쾌차하세요, 제발요."

수일은 계속 외친다. 살아날 힘을 준다.

"아들아, 너 똑바로 살거래이"

심 이사는 남겨놓은 재산이 많다. 하지만 수일을 주지는 않을 것이다.

화가 나도 참고 말한다.

"아버지 제발 돌아가시면 안 돼요. 유산 좀 주세요."가 계속 들리는 말이다.

"너 줄 건 없다. 이놈아."라고 말한 후 끝이 난다. 수명이 끝이 난다.

3

수희

*

지하철에 앉아 있다. 직장까지 자동차를 타고 갈 때도 있지만 대중교통도 종종 이용한다. 아침에 지하철에 앉아 가고 있다. 가는 길은 50분은 걸린다. 50분은 가기 쉬운 거리다. 2시간도 갈 수 있는 거리다.

매일 매일 지하철을 탄다. 지하철을 앉아서 가면 너무 편하다. 구석 자리가 제일 좋다. 항상 차 있다. 가끔 잠이 들을 수 있는 좌석에 앉아야 한다.

5시에 일어나는 것이 생활화가 되어야 한다. 잠을 빨리 자는 것도 아니다. 잠은 12시에 잔다. 그러나 너무 힘들지는 않다.

아침에 나서서 지하철을 뒤로한 채 걸음걸음 걸어 계단을 올라간다. 똑같은 곳을 계속 걸어간다.

회사 엘리베이터다. 직원들이 탄다.

"아, 어제 술집에 가서 어떻게 됐어."

"맛있대, 그거."

"내일 프로젝트 끝나면 가서 맥주 한잔?"

"오케이, 오케이. 잘 봐 몇 잔 먹는지."

"어디야? 뭘 얼마나 먹는데?"

"두 캔밖에 못 먹습니다."

"그래."

세게 말한다. 부장은 화가 났다. 술 먹을 생각만 하기 때문이다.

엘리베이터를 통과해서 자기 자리에 앉는다. 컴퓨터를 켠다. 일을 시작한다. 말을 거는 잘생긴 남자친구가 없다. 심 이사가 보고 싶을 뿐이다.

4

부고 소식

*

문자가 왔다. 수희는 얼얼하다. 죽음을 알리는 문자이다. 부고를 알린다. 힘이 다 빠진다. 마음이 아프다.

"심 이사님 없이 어떻게 하라고."

수희는 운다. 왜 우냐고 말린다. 다 부고 소식을 듣는다.

"빨리 찾아가야지. 부고로 휴가 내서 가."

"네 부장님."

박 이사의 팀원들은 슬슬 일어나 장례식에 간다. 한 자리 차지하고 앉아 이런저런 얘기를 조용히 한다. 슬픈 소리도 있고 계속 우는 가족들이 있다. 쓸쓸히 떠나지 않게 마지막 배웅을 한다. 조용히 얘기하다가 팀원들은 슬슬 일어나 장례식장을 나온다.

5
장례식

✳

“돌아가셨구나.”

어머니가 말을 한다. 긴 울음 끝에 더 울지 못하고 어머니가 말을 하신다. 어머니가 상복으로 갈아입는다.

“상복 너도 갈아입고 오거라.”

“네, 어머니. 너무 슬픕니다. 이 정도면 잘 돌아가신거죠.”

수일이 위안을 삼는다.

“장례식을 준비하겠습니다.”

장례 요원들이 말한다.

“다들 오신단다. 빨리 일 도와라 장례식장 일.”

“네, 어머니 너무 슬퍼요. 유산은 안 주신거죠?”

절망과 슬픔으로 뒤덮인다.

“그렇다.”

수일의 초점은 유산에 쏠려있다. 이사가 직위였으니 매우 부자다. 그 돈이 매우 중요하다. 자신의 삶에 말이다.

6

49재 후

*

제사의 기본에 따라 장례식 3일장을 하고 10구재, 11제, 49제를 한 후 100일 제를 지낸 후 장례를 끝낸다.

"잘 가게."

행사가 시작되고 장례요원들이 행사를 거행한다.

7

귀신이 된 심 이사

*

수일은 울고 있다. 수일은 이제 너무 슬프고 힘들다. 다시 못 본다는 생각이 슬프다. 보고 싶은 마음뿐이다. 그때 기적이 일어났다. 저승과 이승을 가로질러 어둠과 밝음이 바뀌는 순간 기적이 일어난다.

심 이사 귀신은 매우 무섭게 생겼다. 나쁜 모양을 하고 기분 나쁜 웃음과 나쁜 미소로 수일을 쳐다본다.

"히히히히히. 난 다 망치고 다닌다. 히히히히히."

수일은 당황한다. 귀신 같은 사내가 말한다. 귀신일지도 모른다.

"누구누구를 망치고 왔어. 몇 년째 내 적들을 죽이고 있다. 하하하. 누굴까요?"

"수일이 죽을래? 내가 너를 괴롭힐 거다, 히히히."

심 이사가 귀신이 되어 돌아왔다. 수일에게만 들리는 모양과 목소리로 말이다.

"뭐야, 이거."

수일은 당황한다.

"나다. 네 아비. 너 때문에 내가 죽었으니 너만 괴롭힐 거다."

심 이사는 귀신으로 돌아왔다. 심 이사는 귀신으로 되어 이승에 남은 것이다. 저승으로 가지 않고 이승에 있는 귀신이 되어 버린 것이다. 매우 초자연적인 현상이고 다들 놀라워해야 한다. 매우 무서운 귀신이 될 수도 있고 그냥 한군데만 머무는 귀신이 될 수도 있다. 어떤 귀신이 될지 잘 보아야 한다.

"뭐?"

"너 어제 말실수로 싸울 뻔한 거 있지? 그거 나다. 내가 그렇게 하게끔 했다."

귀신이 되어 나쁜 짓만 한 것이다. 귀신은 나쁜 짓만 한다. 귀신은 매우 나쁘다. 귀신은 곧 나쁜 짓을 한다. 무섭게 변하는 것이다. 매우 무서운 귀신이 되어 버리는 것이다. 귀신은 정말 무섭지, 착한 것은 드물다. 그래도 좀 착한 귀신이 있을 수 있다.

수일은 크게 화난다. 크게 호통친다. 매우 화나 열 받아 막 죽이려고 한다. 귀신을 말이다.

"뭐, 미친."

"수일이 너는 내 거다."

이런 만남 후에 다시 10일을 괴롭힌다. 10일 동안 치욕의 일을 견딘다. 모든 부정이란 부정은 다 걸고 울음이 계속 날 것 같다. 끝이 없구나 느껴진다. 그런 10일이 지난다. 10일 동안 별의별 일이 다 있다. 잊지 못할 치욕을 준다. 부정에도 걸리고 치욕도 먹고 모든 나쁜 짓을 다 당한다. 더 이상 살지를 못할 지경까지 온 것이다.

너무 힘들고 지쳐 버렸다. 귀신이라는 것이 이렇게 무서운가 싶기도 하다. 모든 것을 다 물렸다. 치욕적이고 굴욕적이며 힘들고 지쳤다. 모든 것이 보이지 않았다. 그렇게 시간이 며칠이 흘렀다.

"너 괴롭지? 큭큭큭."

심 이사가 말한다.

"아 아버지, 너무 괴로워요 그만해주세요."

"메롱 나는 너만 괴롭히는 귀신이다."

"아버지. 제발 말을 못하게 해주세요. 아버지가 말이 안 되게 해주세요. 귀신이 말을 못하게 해주세요."

주문을 외운 듯이 되려 한다. 그때 반전이 시작되다. 한마디로 귀신이 말 그대로의 주문이 귀신한테 일어나는 것이다. 말이 다 귀신을 잡는 주문이 된다. 웃기려면 귀신을 한참 갖고 놀 수 있겠다.

"어?"

물음표가 느낌표로 바뀐다.

"어!"

"우우우우우(왜 말이 안 되지)."

심 이사는 당황한다. 계속 우우우 거린다.

"우우우우우우(아이고 왜 이러나)."

"왜 말을 못 해?"

수일은 눈치를 못 챈다. 조금 웅얼대는지 안다.

심 이사와 수일 모두 사람이 말하는 대로 되는 줄 몰랐다. 모두 말하는 대로 되는 것이다. 수일은 눈치를 채고 실험을 한다. 실험이 맞다. 계속 실험을 한다. 점점 웃는다. 웃기게 된 것이다.

"헤헤헤 넌 내꺼다 큭큭큭큭."

상황은 반전되었다. 웃겨 죽이려고 귀신을 갖고 놀고자 하려는 것이다.

8

열흘간

✳

몇 시간 동안 여러 실험을 해본다. 실험은 대부분 된다. 거의 말한 게 다 된다. 말한 게 다 귀신한테 일어나는 것이다. 예를 들면 '욕만 들리게'라고 말하면 욕만 들리는 귀신이 되는 것이다. 귀신은 모든 일이 다 일어나는 최악의 귀신이다.

"키 크게, 192."

"너는 죽었다. 이놈아, 절대 넌 끝이다."

심 이사는 화나 호통을 친다.

"어, 되네."

"야, 수일 넌 나보다 작다."

"뭐 넌 뒤졌어. 원래 살아 있을 때도 그런 줄 알게."

"나 원래 이 키다. 너 나 아노."

"130㎝로."

130㎝의 키로 귀신 심 이사가 바뀐다. 엄청 우스운 얼굴과 커다란 배와 큰 머리를 하고 있다.

"크 웃기네."

"더 작게, 75."

키 작은 난쟁이 같이 됐다. 귀엽다.

"무슨 난쟁이가 쏘아올린 작은 공도 아니고."

"너 이 새끼."

"넌 죽었다 수일이 넌 죽었어."

75㎝의 키가 되자 수일이를 따라오지 못한다. 수일이는 심 이사의 키를 작게 만들어 열 받게 하려는 것이다. 매우 귀엽고 앙증맞은 심이사의 모습이다. 난쟁이 같다.

"내가 이렇게 작았냐, 이놈아."

"이걸로 10일만 있자."

"너는 죽었다. 이놈아."

3일 후.

둘은 춤을 추고 있다. 댄스 삼매경이다.

"춤이나 추고 노는 거지, 뭐. 안 그렇노?"

다 즐겁게 춤을 춘다.

5일 후.

같이 술래잡기를 한다.

"내가 이겼노, 와!"

9일 후.

"이제 뭐하고 놀래?"

"너는 죽었다, 수일이."

9

피카츄

*

아 심심하다. 더운 날이다. 집에서 에어컨을 튼다. 시원한 바람이 나온다. 시원한 바람을 쐰다. 심 이사도 누워있다.

"심심하네."

TV에서 포켓몬스터가 나온다. 포켓몬스터는 TV에 자주 나온다. 어린애들이 보는 것이다.

"포켓몬스터. 옛날에 많이 봤다. 너 키우면서."

"피카츄로 변신할래?"

"뭐? 이 새끼가!"

"피카츄로 변신."

피카츄로 변신이라고 외치자 변신이 되어 버렸다, 피카츄로 변신한 심 이사는 조그마하고 귀여운 노란 캐릭터로 바뀌었다. 수일은 마구 웃는다.

10

심 이사 귀신의 장난

*

잠시 후 제 모습으로 돌아왔다. 둘은 집이다. 집에서 다시 쉰다. 심 이사는 어디론가 간다. 엄마가 앉아 있다. 누나도 앉아 있다.

심 이사는 엄마의 뒤에 가서 쳐다보고 있다. 10분째 쳐다보고 있다.

"야, 그렇게 쳐다보지 말고 좀 잠이나 자."

"아니 잠깐만."

"또 맞으려고?"

"아니 잠시만."

"잠자게."

심 이사는 잠을 잔다. 다시 일어난다. 이번에는 누나의 뒤로 가서 쳐다본다. 수일에게 걸렸다. 수일이 외친다.

"야 이 새끼가 버릇이 잘못 들었네. 그만 좀 사람 뒤에 무서운 표정하고 서 있어. 소름도 안 돋아."

11

수일과 심 이사

✳

심 이사는 수일을 계속 따라다닌다. 모든 곳에 다 따라간다. 모든 활동을 다 같이 한다. 계속 보고 있는 것이다. 그러면서 다 알아챈다, 수일의 모든 것을 다 알아낸다.

"뭐 그래서 어때?"

"거기서 그렇지?"

"어 거기서 뭐 그렇지."

"거기는?"

"뭐 그거지."

"오케이."

대화가 다 이런 식이다.

"수일이 너, 너의 잘못된 과거들로부터 여기까지 잘 살은 것 같아. 하지만 너의 그 어릴 때 철없던 행동들 말이다. 그건 다시 일어나면 안 돼. 어른이 된다는 것, 그걸 잘 해내야만 성공할 수 있다. 어른이 되어 다시 살아간다는 것, 매우 하고 싶어. 하지만 나는 너를 남겼어. 네가 살아갈 미래를 생각해야 한다. 너만을 믿고 그 어려운 일들을 다시 하나하나 극복해 나가야만 해. 난 너를 그렇게 키우고 자라게 했다. 너를 믿고 싶다. 어려운 일을 잘 해낼 거라고."

"어릴 때 내가 뭘 잘못했는데?"

"또, 가족과 마찰은 정말 힘든 것이다. 그게 행복했던 것이 제일 중요하데이. 서로 서로 행복한 것 말이데이. 마찰을 잘 극복하고 다시 행복하게 사람들을 하나하나 사귀는 것 그게 중요한기라. 알았노?"

"아빠는 나한테 뭐였는데?"

"나는 너를 제일 잘 키우려고 했데이."

12

수희와 수일

✳

아빠의 동료이자 짝사랑 상대였던 수희 회사원이 온다. 수희를 매우 사랑했다. 수희가 너무 좋아했고 너무 잘 사겨보려고 했다. 아빠는 수희를 사랑한다. 그런 수희가 집으로 오고 있다. 아버지의 장례 차 집을 방문한 것이다. 수희는 슬픈 마음뿐이다.

수일은 바로 장난을 시작한다. 둘이 좋아하는 것을 어느 정도 안다.

"아버지가 보인다고?"

"네, 진짜 보여요. 무슨 말을 하시냐면요."

심 이사는 수줍다. 서로 짝사랑 하던 사이이다.

심 이사 귀신이 도망을 간다.

"말하지 마라, 좋아한다고."

심 이사가 말한다.

수일은 웃으면서 반대로 말한다.

"알몸을 보고 싶대요."

"뭐? 뭐?"

"또 할 말이 있대요."

"뭔데?"

"너는 죽었다 수일이."

"알몸을 보여줄 수는 없네요."

"꺄악, 뭐 이딴 놈이 다 있어?"

"박수일, 너는 죽었다 이 새끼야."

수희는 화를 버럭 내고 집으로 간다. 수일도 더 이상 말하지 않는다. 집으로 간다.

13

수희

*

미친 짓을 당했지만 화가 나서 집으로 가다가 묘지로 발걸음을 옮긴다. 꽃을 하나 사서 간다. 꽃을 영전에 바치고 절을 한다.

"잘 가세요."

울면서 자동차를 타고 집으로 온다. 슬픔이 계속 된다.

'뭐? 알몸이 보고 싶어?'

수희는 울면서 집으로 돌아온다.

14

침대에서 누워서

*

고소장을 들여다본다. 14건이다. 수일은 재판장에 간다.

벌을 억수로 받는다. 벌이 너무 무겁다.

병원에서 정신적 치료를 받게끔 판결이 내려졌다.

"엉엉엉엉엉."

"수일아 왜 우니?"

"아빠가 계속 보여요."

"엉엉엉엉. 모두 다 그냥 사람들한테는 미친 거야. 내가 본 모든 것이 허상이었어, 그저 미친놈이 된 게 나야. 어어엉."

자기가 미친 것인지, 귀신이 보이는 것인지 헷갈린다. 매우 무섭고 힘들다. 정신이 뒤죽박죽된다. 엉엉 운다. 마지막 가는 길에 이렇게 끝까지 자신을 괴롭히느냐, 이다. 어떻게든 해내야 한다. 다시 한번 나를 최고로 생각하는 가족이 있기에.

15

마지막 문

*

수일은 돌아간다. 침대에 간다. 푹하고 쓰러진다. 운다.

'그럼 아빠는, 죽은 아빠는 다 내가 병신이라서 그런 거야?'

엉엉 운다. 엉엉 운다.

"다 나의 환상 때문이라고?"

"엉엉, 아빠. 엉엉, 아빠."

귀신인 심 이사는 계속 옆을 따라다닌다. 자신이 귀신인 것을 계속 주장한다.

"나 여기 있잖아, 바보야. 어떡하니 이거."

"엉엉. 다 나의 환상이었단 말이야?"

심 이사가 말한다.

"나 여기 있어 바보야."

대답한다.

"아니야. 다 나의 환상이야. 나의 꿈이야, 다."

심 이사가 또 말한다.

"나 여기 있대도?"

"나는 너무 슬퍼서 그랬어. 내가 인생의 끝까지 왔는데 여기서 보이는 건 귀신뿐이잖아. 더 보이는 게 없어 귀신 말고는. 나는 겨우 귀신이나 보는 멍청이로 끝이야. 엉엉엉엉."

"나는 겨우 이거밖에는 안 되는 거였어. 나는 아빠가 너무 보고 싶었나 봐. 아이고 이런 망할."

"수일아 왜 울어?"

엄마가 우는 수일을 달랜다.

"엄마 저 귀신이 보여요. 심 이사가 보여요."

엄마가 달랜다.

"그게 뭐야."

"귀!"

엄마가 음습하게 말한다.

"어 이런 게 귀에요?"

"그거 병 아니야. 뭐에 홀린 거야."

"아."

16

판결

*

법원이다. 최종 판결을 앞두고 있다. 모두가 긴장했다, 수일은 뼈가 아플 정도로 힘들다. 어떻게 판결날지에 자신의 운명이 달려있다.

"피고 수일은 계속해서 나쁜 짓을 해온 전과가 있고 나쁜 행실을 고쳐지지 않는다고 볼 때 …… 정신적 치료가 필요하다고 보입니다."

"그래, 그래."

방청객들이 소리친다.

"앞으로 어떻게 죄를 씻으며 살지를, 또한 어떤 처분을 받아야 하는지를 말씀해주십시오."

변호사가 수일에게 말한다.

"말해야 돼. 잘 말해."

수일은 말한다.

"새로운 삶과 행복이 있다는 것이 제일 중요합니다. 그런 점에서 저는 어떤 어려움이 와도 해낼 것이며 누군가와의 관계를 맺는 것. 단추를 끼우는 법을 아십니까. 한번 단추를 잘못 묶으면 어떤 일이 있어도 제대로 되지 않습니다. 단추를 하나하나 끼워도 하나만 잘못되면 다 망한다는 것입니다. 단추를 다시 다 풀고 셔츠를 턴 다음 다시 처음부터 하나씩 다시 끼워야 된다는 말입니다. 꼭 그렇게 해보고 싶습니다. 다시 한번 기회를 주십시오."

"아."

"웅성웅성."

"최종 판결이 있겠습니다."

17

나의 의미

*

수일은 집에 있다. 장례 후부터 100일이 지났다.

심 이사가 불쑥 말한다.

"이제 사라져야 한다. 100사래 지났잖아."

"뭐."

"100사래."

"어."

"곧 없어질 거다. 나도."

"아빠 의미가 없잖아요, 지금 가면."

"네가 의미다."

"그래요 똑바로 살게요, 정말로 똑바로 살게요."

문이 생긴다. 문이 열린다.

"이거고? 이걸로 가면 되노, 어."

"네, 아버지. 제발 저를 용서하세요."

"오냐, 이제 헤어져야겠구나."

"이 문으로 가면 되나?"

"아버지 가지 마세요."

"나의 의미는 너였다. 너를 남겼으니 됐다. 그럼 간다."

"안녕."

문으로 들어간다. 진짜로 들어간 후 돌아오지 않는다.

'아버지 제가 꼭 제대로 살게요. 안녕히 가세요.'

'오냐.'

18

5년 후

✳

아버지는 없어지셨다. 우리를 낳으시고 키우시고 놀아주신 아버지가 없어졌다. 아버지의 빈자리는 크다. 그러나 없어져 버렸다. 그 자리는 그리움으로 채워졌다.

제삿날이 아닌 평소에도 아버지를 말하는 사람은 거의 없다. 아버지 어찌 저를 위해 사셨어요. 제가 언제쯤 다시 만날 수 있을까요?

수일은 비행기를 탄다. 자리에 앉아 하늘을 본다. 땅은 작다. 본다. 창가에 앉아 육지를 본다. 너무 멋있는 광경이다.

"곧 만나겠죠, 심 이사."

모닝코트는 한 벌 있어야 돼

1

연말 겨울의 늦은 밤

✳

때는 연말 겨울의 늦은 밤이다. 엄마는 설거지를 하고 있고 아이들은 좋아하는 tv 프로그램인 타요를 보고 있다. 타요를 보며 하하하 웃고 있다. 눈은 올지 안 올지 모르게 날씨는 화창하기만 하다. 추운 밤인 만큼 애들은 이불을 하나씩 덮고 있다.

타요가 최고다. 타요 게임, 타요 담요, 타요 인형, 타요 자동차 타요 동화책 등 끝이 없다.

"엄마 타요 빨리 사 줘요."

"타요는 못 사."

애들은 두 명이다. 남자 아이 두 명이다. 아빠 양혁이 집으로 오고 있다. 매일의 퇴근길이 그리 슬프지 않다. 연말이기 때문이다. 천천히 천천히 집으로 한 걸음 한 걸음 온다. 아 이번에는 눈이 별로 안 오네.

크리스마스를 일주일 앞에 두고 캐롤이 마구 울린다. 크리스마스를 맞아 사고 싶은 게 아빠도 너무 많다. 4살 6살 아이를 둔 양혁은 너무 좋다.

"크리스마스에는 사랑을 크리스마스에는 축복을, 우리 모두에게 행복한 날이 될래요."

"항상 기쁠 때나 항상 슬플 때나 언제나 곁에 있어요, 함께 있을 때나."

"같이 있을때도 언제나 영원히."

크리스마스 캐롤을 따라 부르며 한 걸음 한 걸음 가볍게 집에 온다.

크리스마스 트리를 크게 올리고 불을 끄고 조명을 바라본다. 너무 아름답다. 어두운 밤 고요한 밤 파랑 초록 빨강 불빛이 마구 바뀐다. 끝도 없이 밝다. 너무 좋다.

"헬로 아이들 아빠가 선물을 사왔다."

"와 아빠 너무 좋아요."

"이게 뭐에요?"

"한우 선물세트다."

"에이 내 선물 아니네."

"뭣이라 한우 선물 세트란 말이지……. 어, 어떻게 보면 제일 좋은 기다."

"에이 난 옷 아니면 장난감 받고 싶어."

"그래 다음주가 크리스마스제. 내일 사러 가자 . 뭐 하나 사 줄게."

"와 아빠."

2

크리스마스 선물

✳

"크리스마스 선물 내놔, 허 아버지."

허의 19살의 아들 후니가 아버지를 추근댄다. 허의 21살의 우니 아들이 다시 아버지한테 추근댄다.

다들 잘 자랐다.

"아빠, 나 정복이 하나 필요한데."

"정복이 뭐꼬."

"모닝코트."

"뭐라고? 모닝코트, 나도 그거 하나 사자."

후니 형 우니가 말한다.

"아버지. 아 이거 애를 잘못 키웠네. 뭐 모닝코트 이 미친 놈이."

"크리스마스 선물로, 어? 애들이 호텔에서 파티하자고 그거 하나 사주면 안 돼?"

"어 안 돼. 이 미친놈아."

"그냥 정장 하나 사."

"그럼 정장 하나 사러 가자."

"가자."

정장을 하나 사러 가기로 한 거다. 서울의 대로를 따라 자동차의 라디오와 dmb를 들으며 쭉 간다. 매우 큰 거리를 간다. 자동차가 많고 사람들도 많다. 좋은 대로를 타고 시내에 가장 큰 백화점으로 들어간다.

둘은 좋은 것 하나 사겠다며 돈을 비싼 것을 살 것을 요구한다. 허 아빠는 조금이라도 아끼려고 하나 연말에 한 벌 사주려고 하는 것이다.

정장을 보러 가는 중.

정장을 본다. 대본다. 안 산다고 한다. 저기로 가자고 한다. 모닝코트를 든다. 아빠가 얼굴이 굳어진다. 조른다. 하나 산다. 아빠가 얼굴이 빨갛다

우니가 말한다.

"야, 이 개 미친 새끼가 기어이 사네."

후니가 말한다. 후니는 모닝코트를 입고 싶은 것이다.

"아빠 짱 최고."

"입어 보자, 나는 정장 하나 살래. 어 모닝코트가 아니라."

남자 꼬마 둘과 아빠가 지나간다.

"어 저거 우리 아니네."

"어."

"자 양복을 말해줄게. 양복이란 말이지 어떤 핏(fit)을 딱 맞추어야 해. 정확한 핏을 맞추어야 일단 양복을 입었다 말할 수 있어. 그다음은 어, 좋은 브랜드면 더 좋겠지. 색상은 다 있어야 해. 모든 색상을 다 갖추어야 해."

"좋은 거 사줘라."

"노노. 내가 살 거야."

"잘 봐라 저기 광고. 양 세 마리가 뛰노네 산 정상에서. 그게 무슨 뜻이겠어?"

"저 귀여운 걸 양복으로 만든 거야? 양모?"

"어 바로 그거야. 최고의 품질을 자랑하는 어? 최고의 원단으로 만드는 최고의 양복이다. 나 저거 하나 살 거야."

3

양복

*

양복 진열대에 왔다. 층 전체가 양복을 판다. 매우 좋은 양복부터 기본 양복까지 다양한 가격대와 성능과 품질이 있는 것이다. 후니 우니 허 아빠는 양복을 보며 다 스캔한다. 양복을 스캔하며 최선의 양복을 선택하려고 한다. 제일 멋진 양복을 사려는 것이다. 크리스마스이기 때문이다. 크리스마스에는 최고의 선물을 받는 것이다. 선물을 사려는 것이다.

둘러보다 매장으로 들어간다. 꽤 고급형 매장으로 들어간다. 꽤 좋은 모델이고 또 잘 맞으면 억수로 잘 맞는 그런 양복 모델이다.

"양복 이거 사이즈가 안 맞아요."

"좀 더 큰 걸로 줘요."

"네, 기다려 주세요."

"아빠 이거 너무 비싼데?"

"얼마인데?"

"150."

"됐다. 엄마한테 말하지 마라 비싸다고."

"넵."

파란빛 광태가 나는 양복을 입는다. 아, 이건 나만의 개성이랄까.

"요즘 이거 잘 나가요?"

아빠가 묻는다. 왜 이것을 골라 줬는지 묻는 것이다.

"네 잘나갑니다. 2021 FW 최신 제품입니다."

"이게 비즈니스 모델이에요 아니면 모임 행사용 모델이에요?"

또 묻는다.

"비즈니스입니다."

"좋은 거죠? 모닝코트는 언제 입는 거예요?"

"아 잘 모르겠습니다."

"네."

거울을 보며 여러 각도로 자신의 수트를 감상한다.

아들도 말한다.

"아빠 괜찮아. 그거 사야 돼."

"그런가. 20프로만 할인해줘요."

"안 됩니다. 다 정가입니다."

"아, 조금은 되잖아요."

"안 됩니다. 많이 세일이 들어간 겁니다."

"아 조금만요."

"5만 원 깎아드리겠습니다"

"오, 조금 더는 안 되고요?"

"네 그 가격에 사셔야 합니다."

"네 그럼 주세요."

에스컬레이터를 타고 한 층 한 층 내려온다. 수트는 4층이다. 3층이 구두. 2층이 여자 옷이다. 1층에서 선다. 아빠는 럭셔리 제품들을 너무 좋아한다.

"로션 하나 사자. 샤느드 로션 세트 하나 사자."

"아 아빠."

4

집에서

*

후니와 허 아빠 둘이 정장을 입어보고 나란히 서본다. 아빠가 딸리는 정도가 아니라 참패이다. 아빠 옷 입은 것은 웃기다. 귀엽다. 오히려 나이가 많아도 더 귀엽다. 애들은 젊은이들은 못 당하는 것이다.

"아빠 핏이 안 돼. 아들한테."

"하하." 엄마가 웃는다."

"뭐라꼬 내께 더 비싼데 150…."

엄마는 150이라는 숫자에 어리둥절한다. 뭔 말인지 모른다.

"뭐 150? 키도 아니고, 그게 뭐…. 어, 어라 가격이 그거란 거야?"

엄마가 머리끝까지 화가 났다.

"영수증 가져와."

엄마가 화났다.

"미안. 연말 크리스마스 선물로 하나 산 거다. 봐줘라."

엄마는 화나서 계속 욕만 한다. 알겠다며 방으로 들어간다.

5

호텔에서

*

허의 아들은 호텔로 간다. 모닝코트를 입고 말이다.

모닝코트가 잘 어울릴지를 모르겠다.

"얘들아."

애들이 칭찬은커녕 바로 욕을 시작한다. 이번 파티의 옷이 아니기 때문이다. 친구들이 말한다.

"에이."

"아 에이 미친."

"아 그건 아닌데."

"야 턱시도 입고 놀잤지 누가 모닝 코트 입고 아오 박 찬아."

"야 저게 뭐냐 아 벗어. 턱시도라고 했지 이게 무어냐?"

아들은 기도 안 죽고 계속 자기 옷의 맵시를 보며 만져본다.

"아 별론가 어?"

"그래 아 방 다 꾸며 놨는데."

호텔을 온갖 풍선과 산해진미며 바비큐며 스테이크며 다 차려놨다. 아이리시 위스키, 스카치 위스키 등 온갖 종류의 위스키들을 또 얼음 통에 넣어 놓았다.

호텔 룸 입장식을 하고 같이 술을 펴 마신다.

"와 취하네."

"와 이 술 누가 사왔냐. 달아. 이 맛이지."

술도 와인도 단맛밖에 이해 못한다. 와인이든 술이든 단맛을 추구하는 건 어린 입맛이라는 것이다. 그냥 쓰고 톡 쏘는 맛을 이해해야 한다. 정말 맛있는 맛을 추구하는 건 비쌀수록 제값을 하는 법이다. 비싼 건 무조건 의미와 영양적으로 좋은 게 있을 것이다.

"야 이제 매년 오자. 우리 우정을 위해 함께 건배"

몇 시간 이런저런 얘기로 밤을 지새운다. 자기 사는 얘기를 웃으며 한다 . 다 카리스마가 장난이 아니다. 젊은 나이에 제일 멋진 턱시도 옷을 입었기에 너무 멋있을 수밖에 없다. 검정색 자켓을 입고 안에 타이를 하고 멋지게 입은 그런 친구는 너무 멋있을 뿐이다.

얘기 중에 담배를 피우러 간다. 밖으로 간다. 넷이 함께 담배를 핀다. 같이 밖에서 담배를 피우며 귀족이라도 되는 양 멋을 부린다. 넷이 폼을 잡고 호텔 로비 밖에서 담배를 피우며 노닥거린다.

지나가는 사람이 말한다.

"노비네."

아저씨들이 지나가면서 말한다.

"하 이 새끼."

후니며 우니며 다 큰 청년들이다. 욕에 상관도 없이 담배를 최대의 멋으로 핀다. 몇 시간 동안 담배를 피우며 귀족 같이 멋을 부린다.

6

어린 아이들

✳

양혁의 가족은 백화점 토이 상점에 와있다. 캐롤이 들린다.

"징글벨 징글벨 징글 어드벨 징글벨 모두 징글어드벨 해피한 크리스마스 해피 크리스마스."

캐롤이 들려 너무 기분 좋다. 너무 좋은 크리스마스이다.

"아빠 게임기 사줘요."

아들이 귀엽게 말한다.

"오 이거 뭐고?"

"요즘 제일 유행하는 건데."

"그거 하나 사줄끄. 말 잘 들을래?"

"네. 사줘요."

"사자."

엄마가 말린다.

"아 안 돼. 그것만 물고 늘어져 절대 안 돼."

"아앙 아앙."

"안 된다고 찐따 새끼야."

"아아앙앙악 악악악악악악악악!"

크게 운다. 사람들이 쳐다본다.

"왜 안 되노, 그냥 사주지."

"안 된다고."

"그럼 타요 버스 3개 사줄게"

울음을 천천히 그친다.

"사러 가요.

웃으며 귀엽게 말한다.

"나도 옷 하나 사러 갈까 그럼."

아빠가 묻는다. 아내가 대답한다.

"하나 사."

"헷, 나도 하나 사련다."

7

백화점 양복점에서

*

"양복 하나 사련다 나도."

양혁은 일로 바쁘다. 중년을 지나며 행복하고 좋은 삶을 살았다. 자기의 자부심이 있다. 대단하게 살아온 것이다. 행복을 누릴 차례이다.

백화점의 럭셔리 판매장을 눈으로 흘낏한다. 가자미처럼 본다.

점원이 입술만 조금 움직이며 작게 말한다.

"뭘 꼬라 봐, 병신아."

1층 럭셔리 명품을 지나 2층 구두점 3층 여자옷 매장을 지나 4층 남성복으로 간다. 허 형이 옷을 맞춘 데도 있다.

"어 여기로 들어가자. 이거 세일 중이다. 억수로 좋아 보이는

데 세일을 많이 하네."

"음. 요즘 제일 비즈니스 용으로 잘 팔리는 게 뭐죠?"

직원이 말한다.

"요즘 블루 모델들이 캐주얼하면서도 워크용으로 많이 나갑니다. 매우 좋아들 하시고 약간 진한 파랑색이 많이들 입는 그런 모델입니다."

"오 파랑. 몇 개 없는데 제일 잘 나가는거 줘보세요."

"네 여기 100사이즈에 92. 딱 맞으실 것 같은데."

"네. 줘봐요."

옷을 입는다. 딱 떨어지고 약간 몸이 큰 남자 같은 모양이다.

"아 아주 괜찮습니다."

아들들은 자리에 앉아서 쳐다보기만 한다. 아이들한테는 너무 싫은 시간이다.

"이게 얼마?"

"400만 원입니다."

"아."

아빠가 가자미 같이 쳐다본다.

"안 돼, 애들 아빠."

"네, 다른 것도 좀 보고 오겠습니다."

"아 사고 싶은데…. 회사카드 돈 많은데."

다시 10대 명품 안에 드는 최고급 울 캐시미어 양복점으로 간다.

"이거 아까 입은 거 그냥 주세요."

8

양혁의 집에서

*

"와 이 고급스러운 원단이. 어? 어떻게 이 브크랠리오 어? 이거 최고의 양복이 내게 되냐."

"아이고 그것 좀 갖다 버려. 이 미친놈아, 너 어쩌려고 그래?"

"아이. 나 좀 양복 하나 산 것 갖고."

"으이구 재들은 게임기 다시 사서 게임만 하네."

굿.

손가락으로 '굿'을 표시하며 아들이 아버지한테 보여준다.

아빠도 양복을 입는다. 푸른빛의 양복을 입고 거울을 본다. 매우 멋있고 신사 같다.

"이제 옷도 있다. 어디 좀 가자."

9

한강 크루즈선

✳

허 형의 집이다. 다 핸드폰 하나씩 짚고 티비 보면서 누워있다. 야구를 보고 있다. 아 저기면 스트라이크를 잡아야지, 하며 야구를 보고 있다. 야구를 보며 하루를 보낼 수도 있다, 초겨울이면 하는 아시아 타이틀전이다.

아 나도 배고프다. 계속 둘이 쇼파에 누워 응원이나 하고 있다. 티비 중 야구만 매일 보는 것이다. 야구가 너무 재미있고 신난다. 전부다.

핸드폰을 만지작거린다. 어라 이게 뭐지, 하며 본다.

크루즈선의 광고를 보고 장난으로 말해본다.

"한강 크루즈선을 타자."

"여기 광고에 초 비싼 크루즈 티켓을 살 수 있대. 빨리 해야 돼. 선착순."

"뭐 크루즈 선?"

"아빠 가자. 제발. 연말인데 제발 한 번만."

아빠도 말한다.

"콜. 가자."

내일이다.

10

크루즈 선에서

✳

우리 연말에만 이용 가능한 서울 크루즈 선을 탑승해주신 여러분께 안내말씀을 드리겠습니다. 우리 크루즈선은 안전하게 이용하기 위해 최선의 노력과….

다 같이 앉는다. 자리에 앉는다. 출발은 아직 하지 않는다. 목포항을 떠나 인천을 거쳐 한강으로 들어오는 여행이다.

동행끼리 방에 앉아 있다. 200명의 정원을 가득 채우고 한 명씩 올라탄다. 탑승권과 여행권을 하나씩 내고 배를 탄다. 모두 다 멋있고 화려하다. 쇼핑백과 먹을 것을 가득 싣고 배에 한 명 두 명 탑승한다.

멋진 옷을 입은 사람들을 보며 배에 입장한다. 허씨네 가족들은 비싼 패딩 점퍼를 입고 목도리로 꽁꽁 묶고 배로 들어간다.

또 양혁네 가족들도 엄마 손을 잡고 마구 뛰어 들어간다. 아빠는 금색의 티타늄 안경을 쓰고 멋진 코트를 입고 들어간다. 머리에 중절모를 썼다.

"아따 좋은데."

태구는 웃는다.

"아 이 느낌. 옛날 제일 잘나갈 때."

"어디서 놀 땐데?"

아내가 묻는다.

"회사 들어가기 전에 친구들……."

"아 그때 좀 그만 말해."

아내가 웃으며 말한다.

배가 곧 출항을 한다.

11

파티

*

모두 꾸민 후 연회장으로 들어간다. 연회장은 하얀색의 거대한 로열 느낌의 커다란 300평 가까운 방이다.

아이들은 못 들어간다. 키즈 방으로 가야 한다.

연회가 시작된다. 자리에 앉는다. 음식이 배달된다.

"오 이거 연어. 이거 어떻게 구운 거예요?"

양혁이 묻는다.

"미디엄입니다."

오, 하면서 계속 맛있게 먹는다.

허 아들이 온다.

허 아들이 모닝코트를 입고 멋을 부린다. 제일 잘난 것 같다.

다 웃는다. 본 사람마다 웃는다.

양혁이 웃는다.

"쟤는 무슨 대귀족도 아니고 뭐 저렇게 입냐."

다 웃는다.

허 아들은 기분이 망해서 술만 마신다. 코트를 벗고 술만 마신다. 술이 옷에 묻는다.

"아 씨."

허 아빠도 웃으며 고기를 썬다. 옷 망했네.

"그니깐 양복을 입어야지 뭐 모닝코트를 사고 있어. 어 . 그게 뭐야."

"아오. 나는 이런 건지 몰랐지."

"모르긴 뭘 몰라." 하며 아빠가 소리친다. "아오 안 해" 하고 화내며 자기 방으로 간다.

12

키즈 방에서

✳

"우리 아빠는 사장님이야. 알겠냐? 너네는 뭐야?"

"우리 집 차 벤츠다. 알겠냐?"

양혁네 아들들은 힘을 못 쓴다.

"엥 우리 아빠 회사원이야."

"하하하 너네 그거밖에 못 되는 거야. 우리는 사장이거든."

"앙 앙 앙."

막 운다. 싸우려고 한다.

"야, 이 ××야."

초4 어린애가 나쁜 짓을 하려고 한다.

"야 그러면 안 되지. 벤츠 있다고 그렇게 싸우냐?"

"아 비엠 따블유 갖곤 안 되지. 엉."

다 엉엉 운다. 몇 명만 자랑하고 다 화나 있다.

13

양혁

*

양혁과 아내는 이야기를 한다.

"뭐 카드 값이 2,000?"

아내가 화났고 양혁은 둘러댄다.

"아니 그게 아니라."

"뭘 쓴 거야, 도대체?"

"아니, 그게…. 연말 술 좀 먹은 거 같고."

열이 화산만큼 터졌다.

"야, 미쳤네 이거. 완전히."

"다음 행선지인 인천과 서해의 중간 지점입니다. 매장과 갑판 위에는 음료수가 준비되어 있으며 모두 다음 행선지인 서울의 한강으로 들어가면 이 운행은 끝난다는 것을 알아주십시오. ……"

14

기분

*

기분이 나쁘다. 허 아들과 양혁과 그 아들들이 매우 기분나빠한다. 다시 화가 난다. 다시 살아날 모닥불처럼 모두 살아내야 한다. 다시 정신만 차리고 이겨내는 것이다. 해내야 하는 것이다.

선내 방송을 듣고 모두 다 울상을 짓다가 하는 수 없이 그냥 다 방에서 나온다.

15

서해안

✳

모두가 갑판위로 올라간다.

대단한 최고의 광경이 펼쳐진다. 바로 서해안의 바닷가다. 푸른빛과 불빛이 가슴을 친다. 아름다움이 다시 우리의 마음을 적신다.

서해안의 불이 들어온다. 무척 환하다. 여수 밤바다처럼 아름답기만 하다. 형형색색의 불빛이 들어온다. 화려하고 황홀하다.

엄마가 말한다.

"저기가 어부들이 사는 커다란 도시다."

"우와"

밤하늘에 놓인 아름다운 서해안의 풍경이 멋있고 최고로 아름답다.

애들이 한 명 한 명 웃는다.

"와, 사진 찍을래요!"

다 사진을 찍는다.

"다 저렇게 좋은 서해에서 열심히 사는 거다."

아빠가 애들한테 말한다.

"네 아빠. 최고에요, 최고."

모두 행복한 기분으로 밖을 바라본다. 최고의 풍경과 최고의 어촌이다. 제일 멋진 곳이다. 황홀하고 아름답기만 하다.

16

인천

✳

시간이 지나 이제는 서해안 중간부에서 인천을 향해 가고 있다. 모두들 춥고 떨기도 한다. 밖으로 보이는 산이 너무 멀고 낮기만 하다. 그냥 쭉 본다. 모두 사진을 찍고 머리가 날리며 사람들과 대화하며 논다.

그런데 거의 다 도착하며 아쉬워한다. 그때가 선물의 시작이다.

인천의 영종대교 밑으로 배가 지나간다. 인천의 영종대로는 환한 빛을 내며 자동차들이 새벽인데도 불구하고 쌩쌩 지나가고 있다, 현수교의 불빛이 들어온다. 사람들 모두 최고의 광경에 넋을 잃는다, 모두 아름답다. 밤인 것이 아름답다.

"여기가 인천이라는 곳이다."

"인천이요?"

"공항 가봤지? 저 다리가 공항으로 연결된단다."

"우와 그때 가본 데 같은데?"

"다 아름다운 것이 아니란다. 최선을 다해 투자하고 일을 해내야 저렇게 멋진 도시가 될 수 있는 거란다."

"우와"

인천의 바다가 가장 멋지다. 억수로 넓은 서해를 두고 인천은 밝게 빛나는 큰 도시이다. 매우 신식으로 밝게 빛난다.

17

한강

*

이제 한강으로 들어간다. 한강으로 지나가며 여의도상류로 들어간다. 아름다운 빌딩들과 붉은 테두리의 빌딩들. 아름다운 빛의 한강이 보인다.

수많은 불빛들과 아파트 같은 고층 빌딩들. 끝이 없는 문화의 발생지이다. 끝이 없다.

한강의 강 다리는 최고의 풍경이다. 어딘지 모를 만큼 다리가 많다. 분수가 나오고 그냥 최고다. 비싼 건물이 쫙 깔려있다. 최고의 건물을 지어야 오래 살 수 있다. 그저 최고의 건물은 최고의 경관을 만든다.

성수동이 보이며 빛을 따라 눈길이 간다. 센강, 뉴욕강에 못지않다. 우리의 문명이 발생한 곳이다. 그저 최고의 장소이다.

가로등 불빛에 따라 올림픽대로를 본다. 차가 쌩쌩 지나가며 인적 드문 저녁 한강 경치에 어깃장을 놓을 뿐이다.

"여기가 우리가 사는 곳이에요?"

허 아들이 오더니 말한다.

"최고지."

"잘 자라거라. 나 어릴 땐 이런 거 없었어."

18

올림픽 대교

✳

“여기 선착장에서 내리겠습니다. 잠실 선착장에서 내리겠습니다. 모두 최고의 여행이 되었기를 빕니다.”

안내방송을 들으며 밖으로 나간다. 송파마저도 아름답다.”

허 아들이 말한다.

“꽤 좋았다.”

19

집에서

*

집에 모두 도착한다. 크리스마스 트리를 켜놓고 모두 잔다. 행복한 밤이다.

크리스 마스에는 축복을 크리스 마스에는 사랑을.

허 아들은 모닝코트를 벗고 드레스 셔츠를 입고 멋을 부리다 잠에 든다.

크리스마스는 축복이다.